FREMDSPRACHENTEXTE

Isabel Allende

El oro de Tomás Vargas

Cinco cuentos de Eva Luna

Herausgegeben von
Monika Ferraris

Philipp Reclam jun. Stuttgart

Diese Ausgabe darf nur in der Bundesrepublik Deutschland, in Österreich und in der Schweiz vertrieben werden.

RECLAMS UNIVERSAL-BIBLIOTHEK Nr. 9131
Alle Rechte vorbehalten
Copyright für diese Ausgabe
© 2004 Philipp Reclam jun. GmbH & Co., Stuttgart
Copyright für den Text © 1989 Isabel Allende
Umschlagabbildung: *Macarena*, Ölgemälde (117 × 81 cm) von
Ruby Aránguiz (raranguiz@adelphia.net). © Ruby Aránguiz
Gesamtherstellung: Reclam, Ditzingen. Printed in Germany 2005
RECLAM, UNIVERSAL-BIBLIOTHEK und RECLAMS
UNIVERSAL-BIBLIOTHEK sind eingetragene Marken
der Philipp Reclam jun. GmbH & Co., Stuttgart
ISBN 3-15-009131-4

www.reclam.de

Dos palabras

Tenía el nombre de Belisa Crepusculario, pero no por fe de bautismo o acierto de su madre, sino porque ella misma lo buscó hasta encontrarlo y se vistió
5 con él. Su oficio era vender palabras. Recorría el país, desde las regiones más altas y frías hasta las costas calientes, instalándose en las ferias y en los mercados, donde montaba cuatro palos con un toldo de lienzo, bajo el cual se protegía del sol y de la lluvia
10 para atender a su clientela. No necesitaba pregonar su mercadería, porque de tanto caminar por aquí y por allá, todos la conocían. Había quienes la aguardaban de un año para otro, y cuando aparecía por la aldea con su atado bajo el brazo hacían cola frente a
15 su tenderete. Vendía a precios justos. Por cinco centavos entregaba versos de memoria, por siete mejoraba la calidad de los sueños, por nueve escribía

---

3 **la fe de bautismo:** Taufschein (*la fe:* Glaube; hier: Nachweis, Urkunde).
por acierto de: ausgesucht von (*el acierto:* Treffen [eines Ziels]; Geschick).
5 **recorrer:** durchlaufen, bereisen.
8f. **el toldo de lienzo:** Leinenplane.
10 **pregonar:** ausrufen.
12f. **aguardar alg.:** auf jdn. warten.
14 **el atado:** Bündel.
15 **el tenderete:** Stand, Marktzelt.

cartas de enamorados, por doce inventaba insultos para enemigos irreconciliables. También vendía cuentos, pero no eran cuentos de fantasía, sino largas historias verdaderas que recitaba de corrido, sin saltarse nada. Así llevaba las nuevas de un pueblo a otro. La gente le pagaba por agregar una o dos líneas: nació un niño, murió fulano, se casaron nuestros hijos, se quemaron las cosechas. En cada lugar se juntaba una pequeña multitud a su alrededor para oírla cuando comenzaba a hablar y así se enteraban de las vidas de otros, de los parientes lejanos, de los pormenores de la Guerra Civil. A quien le comprara cincuenta centavos, ella le regalaba una palabra secreta para espantar la melancolía. No era la misma para todos, por supuesto, porque eso habría sido un engaño colectivo. Cada uno recibía la suya con la certeza de que nadie más la empleaba para ese fin en el universo y más allá.

Belisa Crepusculario había nacido en una familia tan mísera, que ni siquiera poseía nombres para llamar a sus hijos. Vino al mundo y creció en la región

---

1 **el insulto:** Beleidigung.
2 **irreconciliable:** unversöhnlich.
4 **recitar a/c. de corrido:** etwas fließend vortragen.
7 **fulano/a** (fam.): Herr Soundso / Frau Soundso, irgendjemand, Dingsbums.
8 **la cosecha:** Ernte.
 juntarse: sich verbinden; hier: zusammentreffen.
9 **la multitud:** Menge.
11f. **el pormenor:** Einzelheit.
14 **espantar:** erschrecken; hier: vertreiben.
15f. **el engaño colectivo:** Massenbetrug.
18 **más allá:** jenseits, darüber hinaus.

más inhóspita, donde algunos años las lluvias se convierten en avalanchas de agua que se llevan todo, y en otros no cae ni una gota del cielo, el sol se agranda hasta ocupar el horizonte entero y el mundo se convierte en un desierto. Hasta que cumplió doce años no tuvo otra ocupación ni virtud que sobrevivir al hambre y la fatiga de siglos. Durante una interminable sequía le tocó enterrar a cuatro hermanos menores y cuando comprendió que llegaba su turno, decidió echar a andar por las llanuras en dirección al mar, a ver si en el viaje lograba burlar a la muerte. La tierra estaba erosionada, partida en profundas grietas, sembrada de piedras, fósiles de árboles y de arbustos espinudos, esqueletos de animales blanqueados por el calor. De vez en cuando tropezaba con familias que, como ella, iban hacia el sur siguiendo el espejismo del agua. Algunos habían iniciado la marcha llevando sus pertenencias al hombro o en carretillas, pero apenas podían mover sus propios huesos y a poco andar debían abandonar sus cosas.

---

1 **inhóspito/a:** unwirtlich, ungastlich.
1f. **convertirse en:** sich verwandeln in, werden zu.
2 **la avalancha:** Lawine.
8 **la sequía:** Trockenperiode, Dürre.
 tocar: berühren; hier: (Aufgabe) zufallen, zukommen.
10 **echar a** (+ inf.): beginnen, anfangen etwas zu tun.
 la llanura: Ebene.
12 **partido/a:** geteilt; hier: zerrissen, gespalten.
13 **la grieta:** Spalte, Riss.
14 **el arbusto espinudo:** Dornenbusch.
15f. **tropezar con alg.:** jdn. unvermutet treffen.
17 **el espejismo:** Luftspiegelung, Fata Morgana.
18 **la pertenencia:** Besitztum; hier (fig.): Hab und Gut.

Se arrastraban penosamente, con la piel convertida en cuero de lagarto y los ojos quemados por la reverberación de la luz. Belisa los saludaba con un gesto al pasar, pero no se detenía, porque no podía gastar sus fuerzas en ejercicios de compasión. Muchos cayeron por el camino, pero ella era tan tozuda que consiguió atravesar el infierno y arribó por fin a los primeros manantiales, finos hilos de agua, casi invisibles, que alimentaban una vegetación raquítica, y que más adelante se convertían en riachuelos y esteros.

Belisa Crepusculario salvó la vida y además descubrió por casualidad la escritura. Al llegar a una aldea en las proximidades de la costa, el viento colocó a sus pies una hoja de periódico. Ella tomó aquel papel amarillo y quebradizo y estuvo largo rato observándolo sin adivinar su uso, hasta que la curiosidad pudo más que su timidez. Se acercó a un hombre que lavaba un caballo en el mismo charco turbio donde ella saciara su sed.

---

1 **arrastrarse:** sich schleppen, kriechen.
 penosamente (adv.): mühsam, leidvoll.
2 **el lagarto:** (große) Eidechse.
2f. **la reverberación:** Rückstrahlung, Reflex.
6 **tozudo/a:** halsstarrig, dickköpfig.
7 **arribar** (Am.): ankommen.
8 **el manantial:** Quelle.
 el hilo: Faden.
9 **raquítico/a:** verkümmert.
10 **el riachuelo:** Flüsschen.
 el estero: breite Flussmündung, Überschwemmungsland.
15 **quebradizo/a:** brüchig.
16 **adivinar:** erraten.
18 **el charco:** Pfütze.
 turbio/a: trüb.
 saciar: stillen, befriedigen.

– ¿Qué es esto? – preguntó.
– La página deportiva del periódico – replicó el hombre sin dar muestras de asombro ante su ignorancia.

La respuesta dejó atónita a la muchacha, pero no quiso parecer descarada y se limitó a inquirir el significado de las patitas de mosca dibujadas sobre el papel.
– Son palabras, niña. Allí dice que Fulgencio Barba noqueó al Negro Tiznao en el tercer round.

Ese día Belisa Crepusculario se enteró que las palabras andan sueltas sin dueño y cualquiera con un poco de maña puede apoderárselas para comerciar con ellas. Consideró su situación y concluyó que aparte de prostituirse o emplearse como sirvienta en las cocinas de los ricos, eran pocas las ocupaciones que podía desempeñar. Vender palabras le pareció una alternativa decente. A partir de ese momento ejerció esa profesión y nunca le interesó otra. Al principio ofrecía su mercancía sin sospechar que las palabras podían también escribirse fuera de los periódicos. Cuando lo supo calculó las infinitas proyecciones de su negocio, con sus ahorros le pagó veinte pesos a un cura para que le enseñara a leer y escribir y con los

3 **el asombro:** Erstaunen.
5 **atónito/a:** verblüfft.
6 **descarado/a:** unverschämt, frech.
   inquirir: untersuchen, herausbekommen.
9 **noquear** (fam.): (k. o.) schlagen, ausknocken (Boxen).
11 **andar suelto/a** (fig.): frei herumlaufen (*suelto/a:* losgelöst).
12 **la maña:** Geschicklichkeit.
   apoderarse de a/c.: sich einer Sache bemächtigen.
16 **desempeñar:** ausführen.
17 **decente:** anständig.

tres que le sobraron se compró un diccionario. Lo revisó desde la A hasta la Z y luego lo lanzó al mar, porque no era su intención estafar a los clientes con palabras envasadas.

Varios años después, en una mañana de agosto, se encontraba Belisa Crepusculario en el centro de una plaza, sentada bajo su toldo vendiendo argumentos de justicia a un viejo que solicitaba su pensión desde hacía diecisiete años. Era día de mercado y había mucho bullicio a su alrededor. Se escucharon de pronto galopes y gritos, ella levantó los ojos de la escritura y vio primero una nube de polvo y enseguida un grupo de jinetes que irrumpió en el lugar. Se trataba de los hombres del Coronel, que venían al mando del Mulato, un gigante conocido en toda la zona por la rapidez de su cuchillo y la lealtad hacia su jefe. Ambos, el Coronel y el Mulato, habían pasado sus vidas ocupados en la Guerra Civil y sus nombres estaban irremisiblemente unidos al estropicio y la calami-

---

1 **sobrar:** übrig bleiben.
1f. **revisar:** durchsehen.
3 **estafar:** betrügen.
4 **envasado/a:** abgefüllt; hier (fig.): aus der Dose.
8 **solicitar:** erbitten, beantragen.
10 **el bullicio:** Getöse, Lärm.
13 **el jinete:** Reiter.
 irrumpir: einfallen, einbrechen.
16 **la lealtad:** Treue, Ergebenheit.
19 **irremisiblemente** (adv.): unumgänglich, unvermeidlicherweise.
 el estropicio: Geschrei, Lärm.
19f. **la calamidad:** Unheil.

dad. Los guerreros entraron al pueblo como un rebaño en estampida, envueltos en ruido, bañados de sudor y dejando a su paso un espanto de huracán. Salieron volando las gallinas, dispararon a perderse los perros, corrieron las mujeres con sus hijos y no quedó en el sitio del mercado otra alma viviente que Belisa Crepusculario, quien no había visto jamás al Mulato y por lo mismo le extrañó que se dirigiera a ella.

– A ti te busco – le gritó señalándola con su látigo enrollado y antes que terminara de decirlo, dos hombres cayeron encima de la mujer atropellando el toldo y rompiendo el tintero, la ataron de pies y manos y la colocaron atravesada como un bulto de marinero sobre la grupa de la bestia del Mulato. Emprendieron galope en dirección a las colinas.

Horas más tarde, cuando Belisa Crepusculario estaba a punto de morir con el corazón convertido en arena por las sacudidas del caballo, sintió que se detenían y cuatro manos poderosas la depositaban en tierra. Intentó ponerse de pie y levantar la cabeza con digni-

---

1 f. **el rebaño en estampida** (fig.): trampelnde, durchgehende Herde (*la estampia:* überstürzte Flucht).
8 **extrañarse:** sich wundern.
10 **el látigo:** Peitsche.
12 **atropellar:** überfahren; hier: niederreiten.
13 **el tintero:** Tintenfass.
   atar: (fest)binden.
14 **el bulto marinero:** Seesack.
15 **la grupa:** Pferderücken.
17 f. **estar a punto de** (+ inf.): nahe daran sein etwas zu tun.
19 **la sacudida:** Erschütterung, Stoß.
21 f. **la dignidad:** Würde.

dad, pero le fallaron las fuerzas y se desplomó con un suspiro, hundiéndose en un sueño ofuscado. Despertó varias horas después con el murmullo de la noche en el campo, pero no tuvo tiempo de descifrar esos sonidos, porque al abrir los ojos se encontró ante la mirada impaciente del Mulato, arrodillado a su lado.

– Por fin despiertas, mujer – dijo alcanzándole su cantimplora para que bebiera un sorbo de aguardiente con pólvora y acabara de recuperar la vida.

Ella quiso saber la causa de tanto maltrato y él le explicó que el Coronel necesitaba sus servicios. Le permitió mojarse la cara y enseguida la llevó a un extremo del campamento, donde el hombre más temido del país reposaba en una hamaca colgada entre dos árboles. Ella no pudo verle el rostro, porque tenía encima la sombra incierta del follaje y la sombra imborrable de muchos años viviendo como un bandido,

---

1 **fallar:** versagen, scheitern.
  desplomarse: zusammenbrechen, zusammenfallen.
2 **el suspiro:** Seufzer.
  hundirse: (ver)sinken.
  ofuscado/a: verdunkelt; hier (fig.): tief, dunkel.
3 **el murmullo:** Gemurmel.
6 **impaciente:** ungeduldig.
  arrodillado/a: kniend.
7 **alcanzar:** einholen; hier (fig.): reichen.
8 **la cantimplora:** Feldflasche.
  el sorbo: Schluck.
8f. **el aguardiente:** Schnaps.
10 **el maltrato:** Misshandlung.
15 **el rostro:** Gesicht.
16 **el follaje:** Laub(werk).
16f. **imborrable:** unauslöschlich, unverwischbar.

pero imaginó que debía ser de expresión perdularia si su gigantesco ayudante se dirigía a él con tanta humildad. Le sorprendió su voz, suave y bien modulada como la de un profesor.

– ¿Eres la que vende palabras? – preguntó.

– Para servirte – balbuceó ella oteando en la penumbra para verlo mejor.

El Coronel se puso de pie y la luz de la antorcha que llevaba el Mulato le dio de frente. La mujer vio su piel oscura y sus fieros ojos de puma y supo al punto que estaba frente al hombre más solo de este mundo.

– Quiero ser Presidente – dijo él.

Estaba cansado de recorrer esa tierra maldita en guerras inútiles y derrotas que ningún subterfugio podía transformar en victorias. Llevaba muchos años durmiendo a la intemperie, picado de mosquitos, alimentándose de iguanas y sopa de culebra, pero esos inconvenientes menores no constituían razón suficien-

---

1 **perdulario/a:** wild, verkommen.
2 f. **la humildad:** Demut.
6 **balbucear:** stammeln.
   otear: (von oben) beobachten.
6 f. **la penumbra:** Halbdunkel.
8 **la antorcha:** Fackel.
10 **fiero/a:** wild.
10 f. **al punto:** sofort, sogleich.
15 **la derrota:** Niederlage.
   el subterfugio: Vorwand, Ausflucht.
17 **a la intemperie:** im Freien.
18 **la iguana:** Leguan.
   la culebra: Schlange.
19 **el inconveniente:** Nachteil; hier: Unannehmlichkeit.

te para cambiar su destino. Lo que en verdad le fastidiaba era el terror en los ojos ajenos. Deseaba entrar a los pueblos bajo arcos de triunfo, entre banderas de colores y flores, que lo aplaudieran y le dieran de regalo huevos frescos y pan recién horneado. Estaba harto de comprobar cómo a su paso huían los hombres, abortaban de susto las mujeres y temblaban las criaturas, por eso había decidido ser Presidente. El Mulato le sugirió que fueran a la capital y entraran galopando al Palacio para apoderarse del gobierno, tal como tomaron tantas otras cosas sin pedir permiso, pero al Coronel no le interesaba convertirse en otro tirano, de ésos ya habían tenido bastantes por allí y, además, de ese modo no obtendría el afecto de las gentes. Su idea consistía en ser elegido por votación popular en los comicios de diciembre.

– Para eso necesito hablar como un candidato. ¿Puedes venderme las palabras para un discurso? – preguntó el Coronel a Belisa Crepusculario.

Ella había aceptado muchos encargos, pero ninguno como ése, sin embargo no pudo negarse, temiendo que el Mulato le metiera un tiro entre los ojos o, peor aún, que el Coronel se echara a llorar. Por otra parte, sintió el impulso de ayudarlo, porque percibió un palpitante calor en su piel, un deseo poderoso de tocar a ese hombre, de recorrerlo con sus manos, de estrecharlo entre sus brazos.

Toda la noche y buena parte del día siguiente estuvo Belisa Crepusculario buscando en su repertorio las palabras apropiadas para un discurso presidencial, vigilada de cerca por el Mulato, quien no apartaba los ojos de sus firmes piernas de caminante y sus senos virginales. Descartó las palabras ásperas y secas, las demasiado floridas, las que estaban desteñidas por el abuso, las que ofrecían promesas improbables, las carentes de verdad y las confusas, para quedarse sólo con aquellas capaces de tocar con certeza el pensamiento de los hombres y la intuición de las mujeres. Haciendo uso de los conocimientos comprados al cura por veinte pesos, escribió el discurso en una hoja de papel y luego hizo señas al Mulato para que desatara

---

2 f. **palpitante:** pulsierend.
4 f. **estrechar alg. entre los brazos:** jdn. in die Arme schließen.
8 **apropiado/a:** angemessen, geeignet.
10 **firme:** fest.
   el seno: Brust, Busen.
11 **descartar:** ausschließen, weglassen.
   áspero/a: rau, schroff.
12 **desteñido/a:** verblichen.
13 **el abuso:** Missbrauch.
13 f. **carente de:** ohne, frei von.
15 **con certeza:** mit Gewissheit, mit Bestimmtheit.
19 **hacer señas:** winken (*la seña:* Zeichen).
   desatar: losbinden.

la cuerda con la cual la había amarrado por los tobillos a un árbol. La condujeron nuevamente donde el Coronel y al verlo ella volvió a sentir la misma palpitante ansiedad del primer encuentro. Le pasó el papel y aguardó, mientras él lo miraba sujetándolo con la punta de los dedos.

– ¿Qué carajo dice aquí? – preguntó por último.
– ¿No sabes leer?
– Lo que yo sé hacer es la guerra – replicó él.

Ella leyó en alta voz el discurso. Lo leyó tres veces, para que su cliente pudiera grabárselo en la memoria. Cuando terminó vio la emoción en los rostros de los hombres de la tropa que se juntaron para escucharla y notó que los ojos amarillos del Coronel brillaban de entusiasmo, seguro de que con esas palabras el sillón presidencial sería suyo.

– Si después de oírlo tres veces los muchachos siguen con la boca abierta, es que esta vaina sirve, Coronel – aprobó el Mulato.

– ¿Cuánto te debo por tu trabajo, mujer? – preguntó el jefe.

– Un peso, Coronel.

– No es caro – dijo él abriendo la bolsa que llevaba colgada del cinturón con los restos del último botín.

---

1 **la cuerda:** Schnur.
 amarrar (Am.): festbinden.
4 **la ansiedad:** Beklemmung; hier: Sehnen.
5 **sujetar:** unterwerfen; hier: festhalten.
7 **¡que carajo …!:** was zum Teufel …? (*el carajo*, Am., vulg.: männliches Glied, ‚Schwanz').
18 **la vaina:** üble Sache; hier etwa (fig.): Mist.
24 **el botín:** Beute.

– Además tienes derecho a una ñapa. Te corresponden dos palabras secretas – dijo Belisa Crepusculario.

– ¿Cómo es eso?

Ella procedió a explicarle que por cada cincuenta centavos que pagaba un cliente, le obsequiaba una palabra de uso exclusivo. El jefe se encogió de hombros, pues no tenía ni el menor interés en la oferta, pero no quiso ser descortés con quien lo había servido tan bien. Ella se aproximó sin prisa al taburete de suela donde él estaba sentado y se inclinó para entregarle su regalo. Entonces el hombre sintió el olor de animal montuno que se desprendía de esa mujer, el calor de incendio que irradiaban sus caderas, el roce terrible de sus cabellos, el aliento de yerbabuena susurrando en su oreja las dos palabras secretas a las cuales tenía derecho.

– Son tuyas, Coronel – dijo ella al retirarse –. Puedes emplearlas cuanto quieras.

---

1 **la ñapa:** Zu-, Dreingabe.
6 **obsequiar** (Am.): schenken.
7 f. **encogerse de los hombros:** die Achseln zucken.
9 **descortés:** unhöflich.
10 **sin prisa:** ohne Eile.
10 f. **el taburete de suela:** mit Leder bespannter Barhocker.
13 **montuno/a** (Am.): wild.
   desprender: losmachen; hier: ausgehen von.
14 **irradiar:** ausstrahlen.
   el roce: Berührung.
15 **el aliento:** Atem.
   la yerbabuena (Am.): *la hierbabuena:* Minze.
15 f. **susurrar:** flüstern, säuseln.

El Mulato acompañó a Belisa hasta el borde del camino, sin dejar de mirarla con ojos suplicantes de perro perdido, pero cuando estiró la mano para tocarla, ella lo detuvo con un chorro de palabras inventadas que tuvieron la virtud de espantarle el deseo, porque creyó que se trataba de alguna maldición irrevocable.

En los meses de setiembre, octubre y noviembre el Coronel pronunció su discurso tantas veces, que de no haber sido hecho con palabras refulgentes y durables el uso lo habría vuelto ceniza. Recorrió el país en todas direcciones, entrando a las ciudades con aire triunfal y deteniéndose también en los pueblos más olvidados, allá donde sólo el rastro de basura indicaba la presencia humana, para convencer a los electores que votaran por él. Mientras hablaba sobre una tarima al centro de la plaza, el Mulato y sus hombres repartían caramelos y pintaban su nombre con escarcha dorada en las paredes, pero nadie prestaba atención a esos recursos de mercader, porque estaban deslum-

---

2 **suplicante:** bittend, flehend.
4 **el chorro:** Strahl, Schwall.
6 **irrevocable:** unwiderruflich.
9 **refulgente:** strahlend, glänzend.
11f. **con aire triunfal:** triumphierend.
15f. **la tarima:** Podium.
17f. **pintar con escarcha dorada:** hier (fig.): mit glitzernden, leuchtenden Buchstaben schreiben (*la escarcha:* kristallisierter Zucker; *escarchar:* mit etwas Glitzerndem bestreuen).
19 **el recurso de mercader:** hier etwa: Reklametrick, Werbestrategie (*el mercader:* Händler; *el recurso:* Hilfsmittel).
19f. **deslumbrado/a:** geblendet.

brados por la claridad de sus proposiciones y la lucidez poética de sus argumentos, contagiados de su deseo tremendo de corregir los errores de la historia y alegres por primera vez en sus vidas. Al terminar la arenga del Candidato, la tropa lanzaba pistoletazos al aire y encendía petardos y cuando por fin se retiraban, quedaba atrás una estela de esperanza que perduraba muchos días en el aire, como el recuerdo magnífico de un cometa. Pronto el Coronel se convirtió en el político más popular. Era un fenómeno nunca visto, aquel hombre surgido de la guerra civil, lleno de cicatrices y hablando como un catedrático, cuyo prestigio se regaba por el territorio nacional conmoviendo el corazón de la patria. La prensa se ocupó de él. Viajaron de lejos los periodistas para entrevistarlo y repetir sus frases, y así creció el número de sus seguidores y de sus enemigos.

– Vamos bien, Coronel – dijo el Mulato al cumplirse doce semanas de éxito.

Pero el candidato no lo escuchó. Estaba repitiendo sus dos palabras secretas, como hacía cada vez con mayor frecuencia. Las decía cuando lo ablandaba la

1f. **la lucidez:** Klarheit.
2 **contagiar:** anstecken.
5 **la arenga:** Ansprache.
6 **el petardo:** Feuerwerkskörper.
7 **la estela de esperanza** (fig.): Hoffnungsschimmer (*la estela:* Spur, Kondensstreifen).
12 **la cicatriz** (pl. *las cicatrices*): Narbe.
el catedrático: (Hochschul-)Professor.
13 **regarse por a/c.:** sich über etwas ergießen.
13f. **conmover:** rühren, ergreifen.
22 **ablandar:** weich werden.

nostalgia, las murmuraba dormido, las llevaba consigo
sobre su caballo, las pensaba antes de pronunciar su
célebre discurso y se sorprendía saboreándolas en sus
descuidos. Y en toda ocasión en que esas dos palabras
venían a su mente, evocaba la presencia de Belisa
Crepusculario y se le alborotaban los sentidos con el
recuerdo del olor montuno, el calor de incendio, el
roce terrible y el aliento de yerbabuena, hasta que
empezó a andar como un sonámbulo y sus propios
hombres comprendieron que se le terminaría la vida
antes de alcanzar el sillón de los presidentes.

– ¿Qué es lo que te pasa, Coronel? – le preguntó
muchas veces el Mulato, hasta que por fin un día el
jefe no pudo más y le confesó que la culpa de su ánimo eran esas dos palabras que llevaba clavadas en el
vientre.

– Dímelas, a ver si pierden su poder – le pidió su
fiel ayudante.

– No te las diré, son sólo mías – replicó el Coronel.

Cansado de ver a su jefe deteriorarse como un condenado a muerte, el Mulato se echó el fusil al hombro
y partió en busca de Belisa Crepusculario. Siguió sus
huellas por toda esa vasta geografía hasta encontrarla
en un pueblo del sur, instalada bajo el toldo de su ofi-

---

1 **murmurar:** murmeln.
3 **saborear:** genießen, auskosten.
4 **el descuido:** Unachtsamkeit, Nachlässigkeit.
5 **evocar:** heraufbeschwören.
6 **alborotar:** beunruhigen; hier: in Aufruhr geraten.
9 **el sonámbulo / la sonámbula:** Schlafwandler(in).
14 f. **el ánimo:** Geist, Gemüt; hier (fig.): seelische Verfassung.
20 **deteriorarse:** sich verschlechtern, schlimmer werden.

cio, contando su rosario de noticias. Se le plantó delante con las piernas abiertas y el arma empuñada.

– Tú te vienes conmigo – ordenó.

Ella lo estaba esperando. Recogió su tintero, plegó el lienzo de su tenderete, se echó el chal sobre los hombros y en silencio trepó al anca del caballo. No cruzaron ni un gesto en todo el camino, porque al Mulato el deseo por ella se le había convertido en rabia y sólo el miedo que le inspiraba su lengua le impedía destrozarla a latigazos. Tampoco estaba dispuesto a comentarle que el Coronel andaba alelado, y que lo que no habían logrado tantos años de batallas lo había conseguido un encantamiento susurrado al oído. Tres días después llegaron al campamento y de inmediato condujo a su prisionera hasta el candidato, delante de toda la tropa.

– Te traje a esta bruja para que le devuelvas sus palabras, Coronel, y para que ella te devuelva la hom-

---

1 **un rosario de** (fig.): eine Reihe, eine Menge (von) (*el rosario:* Rosenkranz).
2 **con el arma empuñada:** mit vorgehaltener Waffe, mit der Waffe im Anschlag.
4 **plegar:** falten.
6 **trepar al anca:** hier: hinten aufsitzen (*la anca:* Hinterbacken eines Tiers).
8f. **la rabia:** Wut.
9f. **impedir:** verhindern.
10 **destrozar:** zerstückeln.
11 **alelado/a:** verdummt, einfältig.
12 **la batalla:** Schlacht.
13 **el encantamiento:** Zauber, Verzauberung.
17 **la bruja:** Hexe.
18f. **la hombría:** Männlichkeit.

bría – dijo apuntando el cañón de su fusil a la nuca de la mujer.

El Coronel y Belisa Crepusculario se miraron largamente, midiéndose desde la distancia. Los hombres comprendieron entonces que ya su jefe no podía deshacerse del hechizo de esas dos palabras endemoniadas, porque todos pudieron ver los ojos carnívoros del puma tornarse mansos cuando ella avanzó y le tomó la mano.

---

1 **el cañón del fusil:** Gewehrlauf.
  la nuca: Nacken.
6 **el hechizo:** Zauber.
6f. **endemoniado/a:** teuflisch, verteufelt.
7 **carnívoro/a:** Fleisch fressend; hier (fig.): gierig.
8 **tornarse manso/a:** zahm werden (*tornarse:* sich verwandeln).

El oro de Tomás Vargas

Antes de que empezara la pelotera descomunal del progreso, quienes tenían algunos ahorros, los enterraban, era la única forma conocida de guardar dinero, pero más tarde la gente les tomó confianza a los bancos. Cuando hicieron la carretera y fue más fácil llegar en autobús a la ciudad, cambiaron sus monedas de oro y de plata por papeles pintados y los metieron en cajas fuertes, como si fueran tesoros. Tomás Vargas se burlaba de ellos a carcajadas, porque nunca creyó en ese sistema. El tiempo le dio la razón y cuando se acabó el gobierno del Benefactor – que duró como treinta años, según dicen – los billetes no valían nada y muchos terminaron pegados de adorno en las paredes, como infame recordatorio del candor de sus dueños. Mientras todos los demás escribían cartas al nue-

---

2 **la pelotera** (fam.): Aufhebens, Krakeel.
   descomunal: riesig.
3f. **enterrar**: eingraben, vergraben.
5 **la confianza**: Vertrauen.
9f. **burlarse a carcajadas de alg. / a/c.:** sich über jdn./etwas totlachen (*la carcajada:* Gelächter).
12 **el benefactor** (Am.): Wohltäter; hier (fig.): Diktator.
14 **el adorno**: Schmuck, Verzierung.
15 **infame**: schmählich.
   el recordatorio: Andenken, Mahnung.
   el candor: blendende Weiße; hier (fig.): Einfalt, Naivität.

vo Presidente y a los periódicos para quejarse de la estafa colectiva de las nuevas monedas, Tomás Vargas tenía sus morocotas de oro en un entierro seguro, aunque eso no atenuó sus hábitos de avaro y de pordiosero. Era hombre sin decencia, pedía dinero prestado sin intención de devolverlo, y mantenía a los hijos con hambre y a la mujer en harapos, mientras él usaba sombreros de pelo de guama y fumaba cigarros de caballero. Ni siquiera pagaba la cuota de la escuela, sus seis hijos legítimos se educaron gratis porque la Maestra Inés decidió que mientras ella estuviera en su sano juicio y con fuerzas para trabajar, ningún niño del pueblo se quedaría sin saber leer. La edad no le quitó lo pendenciero, bebedor y mujeriego. Tenía a mucha honra ser el más macho de la región, como pregonaba en la plaza cada vez que la borrachera le hacía perder el entendimiento y anunciar a todo pulmón los nom-

2 **la estafa colectiva:** Massenbetrug.
3 **la morocota de oro** (Col.): großes antikes Goldstück.
  el entierro: Begräbnis, Grab; hier (fig.): Versteck (in der Erde).
4 **atenuar:** mildern.
4f. **el pordiosero:** Bettler; hier: Schnorrer.
5 **la decencia:** Anstand.
7 **en harapos:** in Lumpen.
8 **el pelo de guama** (Am.): Lamahaar.
9 **la cuota:** Gebühr.
11f. **el sano juicio** (loc.): der gesunde Menschenverstand (*el juicio:* Urteil).
14 **pendenciero/a:** streitsüchtig.
  el mujeriego (Am.): Frauenheld, Weiberheld; hier: Verhalten als Weiberheld.
15 **pregonar:** ausposaunen, ausrufen.
16 **la borrachera:** Rausch.
17 **a todo pulmón** (loc.): aus vollem Hals (*el pulmón:* Lunge).

bres de las muchachas que había seducido y de los
bastardos que llevaban su sangre. Si fueran a creerle,
tuvo como trescientos porque en cada arrebato daba
nombres diferentes. Los policías se lo llevaron varias
veces y el Teniente en persona le propinó unos cuantos planazos en las nalgas, para ver si se le regeneraba
el carácter, pero eso no dio más resultados que las
amonestaciones del cura. En verdad sólo respetaba a
Riad Halabí, el dueño del almacén, por eso los vecinos
recurrían a él cuando sospechaban que se le había pasado la mano con la disipación y estaba zurrando a su
mujer o a sus hijos. En esas ocasiones el árabe abandonaba el mostrador con tanta prisa que no se acordaba de cerrar la tienda, y se presentaba, sofocado de
disgusto justiciero, a poner orden en el rancho de los
Vargas. No tenía necesidad de decir mucho, al viejo le
bastaba verlo aparecer para tranquilizarse. Riad Halabí era el único capaz de avergonzar a ese bellaco.

---

1 **seducir:** verführen.
3 **el arrebato:** Anwandlung, Ausbruch.
5f. **propinar planazos a alg.** (Am., fig.): jdm. Hiebe verpassen (*el planazo:* Hieb mit der flachen Klinge).
6 **las nalgas** (pl.): Gesäß.
  regenerarse: sich verbessern.
8 **la amonestación:** (Er-)Mahnung.
10 **recurrir a:** sich wenden an.
10f. **pasarsele la mano con la disipación:** es mit den Ausschweifungen übertreiben.
11 **zurrar:** prügeln.
14 **sofocado/a:** außer Atem, erstickt.
15 **el rancho** (Am.): Hütte.
18 **avergonzar:** beschämen.
   el bellaco: Schuft, gemeiner Kerl.

Antonia Sierra, la mujer de Vargas, era veintiséis años menor que él. Al llegar a la cuarentena ya estaba muy gastada, casi no le quedaban dientes sanos en la boca y su aguerrido cuerpo de mulata se había deformado por el trabajo, los partos y los abortos; sin embargo aún conservaba la huella de su pasada arrogancia, una manera de caminar con la cabeza bien erguida y la cintura quebrada, un resabio de antigua belleza, un tremendo orgullo que paraba en seco cualquier intento de tenerle lástima. Apenas le alcanzaban las horas para cumplir su día, porque además de atender a sus hijos y ocuparse del huerto y las gallinas ganaba unos pesos cocinando el almuerzo de los policías, lavando ropa ajena y limpiando la escuela. A veces andaba con el cuerpo sembrado de magullones azules y aunque nadie preguntaba, toda Agua Santa sabía de las palizas propinadas por su marido. Sólo Riad Halabí y la Maestra Inés se atrevían a hacerle regalos discretos, buscando excusas para no ofenderla, algo de ropa, alimentos, cuadernos y vitaminas para sus niños.

Muchas humillaciones tuvo que soportar Antonia

Sierra de su marido, incluso que le impusiera una concubina en su propia casa.

Concha Díaz llegó a Agua Santa a bordo de uno de los camiones de la Compañía de Petróleos, tan desconsolada y lamentable como un espectro. El chófer se compadeció al verla descalza en el camino, con su atado a la espalda y su barriga de mujer preñada. Al cruzar la aldea, los camiones se detenían en el almacén, por eso Riad Halabí fue el primero en enterarse del asunto. La vio aparecer en su puerta y por la forma en que dejó caer su bulto ante el mostrador se dio cuenta al punto de que no estaba de paso, esa muchacha venía a quedarse. Era muy joven, morena y de baja estatura, con una mata compacta de pelo crespo desteñido por el sol, donde parecía no haber entrado un peine en mucho tiempo. Como siempre hacía con los visitantes, Riad Halabí le ofreció a Concha una silla y un refresco de piña y se dispuso a escuchar el recuento de sus aventuras o sus desgracias, pero la mu-

4 f. **desconsolado/a:** untröstlich.
5 **el espectro:** Gespenst.
6 **compadecerse:** Mitleid, Erbarmen haben.
7 **la barriga:** Bauch.
preñada: schwanger.
11 **el bulto:** Bündel.
12 **al punto:** sofort, sogleich.
14 **la mata de pelo:** Haarbüschel.
crespo/a: kraus.
15 **desteñido/a:** verblichen.
18 **el refresco de piña** (Am.): Ananasgetränk (*el refresco:* Erfrischung).
19 **la desgracia:** Unglück.

chacha hablaba poco, se limitaba a sonarse la nariz
con los dedos, la vista clavada en el suelo, las lágrimas
cayéndole sin apuro por las mejillas y una retahíla de
reproches brotándole entre los dientes. Por fin el árabe logró entenderle que quería ver a Tomás Vargas y
mandó a buscarlo a la taberna. Lo esperó en la puerta
y apenas lo tuvo por delante lo cogió por un brazo y
lo encaró con la forastera, sin darle tiempo de repo-
nerse del susto.

– La joven dice que el bebé es tuyo – dijo Riad
Halabí con ese tono suave que usaba cuando estaba
indignado.

– Eso no se puede probar, turco. Siempre se sabe
quién es la madre, pero del padre nunca hay seguridad – replicó el otro confundido, pero con ánimo suficiente para esbozar un guiño de picardía que nadie
apreció.

Esta vez la mujer se echó a llorar con entusiasmo,
mascullando que no habría viajado de tan lejos si no
supiera quién era el padre. Riad Halabí le dijo a Vargas que si no le daba vergüenza, tenía edad para ser
abuelo de la muchacha, y si pensaba que otra vez el

---

1 **sonarse la nariz:** sich die Nase schnäuzen (*sonar:* klingen).
3 **la mejilla:** Wange.
   una retahíla de: eine lange Reihe von.
4 **brotar:** keimen; hier: (hervor)quellen.
8 **encarar:** gegenüberstellen.
15 **el ánimo:** Geist, Gemüt; hier: Stimmung.
16 **esbozar:** andeuten.
   el guiño de picardía: spitzbübisches, durchtriebenes Zwinkern (*la picardía:* Gaunerstreich, Pfiffigkeit).
19 **mascullar:** murmeln.

pueblo iba a sacar la cara por sus pecados estaba en un error, qué se había imaginado, pero cuando el llanto de la joven fue en aumento, agregó lo que todos sabían que diría.

– Está bien, niña, cálmate. Puedes quedarte en mi casa por un tiempo, al menos hasta el nacimiento de la criatura.

Concha Díaz comenzó a sollozar más fuerte y manifestó que no viviría en ninguna parte, sólo con Tomás Vargas, porque para eso había venido. El aire se detuvo en el almacén, se hizo un silencio muy largo, sólo se oían los ventiladores en el techo y el moquilleo de la mujer, sin que nadie se atreviera a decirle que el viejo era casado y tenía seis chiquillos. Por fin Vargas cogió el bulto de viajera y la ayudó a ponerse de pie.

– Muy bien, Conchita, si eso es lo que quieres, no hay más que hablar. Nos vamos para mi casa ahora mismo – dijo.

Así fue como al volver de su trabajo Antonia Sierra encontró a otra mujer descansando en su hamaca y por primera vez el orgullo no le alcanzó para disimular sus sentimientos. Sus insultos rodaron por la calle principal y el eco llegó hasta la plaza y se metió en todas las casas, anunciando que Concha Díaz era una

---

1 **sacar la cara por:** eintreten für, einstehen für.
7 **la criatura:** Geschöpf; hier: Kind, Kleines.
8 **sollozar:** schluchzen.
12 f. **el moquilleo** (fam.): Geschniefe, Geheule.
21 **la hamaca:** Hängematte.
23 **el insulto:** Beleidigung.

rata inmunda y que Antonia Sierra le haría la vida imposible hasta devolverla al arroyo de donde nunca debió salir, que si creía que sus hijos iban a vivir bajo el mismo techo con una rabipelada se llevaría una sorpresa, porque ella no era ninguna palurda, y a su marido más le valía andarse con cuidado, porque ella había aguantado mucho sufrimiento y mucha decepción, todo en nombre de sus hijos, pobres inocentes, pero ya estaba bueno, ahora todos iban a ver quién era Antonia Sierra. La rabieta le duró una semana, al cabo de la cual los gritos se tornaron en un continuo murmullo y perdió el último vestigio de su belleza, ya no le quedaba ni la manera de caminar, se arrastraba como una perra apaleada. Los vecinos intentaron explicarle que todo ese lío no era culpa de Concha, sino de Vargas, pero ella no estaba dispuesta a escuchar consejos de templanza o de justicia.

La vida en el rancho de esa familia nunca había sido agradable, pero con la llegada de la concubina se convirtió en un tormento sin tregua. Antonia pasaba

---

1 **inmundo/a** (fig.): unrein, schmutzig.
4 **la rabipelada:** Beutelratte; hier etwa (vulg., fig.): miese Ratte.
5 **la palurda** (vulg., fig.): blöde Kuh (*palurdo/a:* unwissend, tölpelhaft).
10 **la rabieta:** Wut.
12 **el murmullo:** Gemurmel.
  el vestigio: Spur.
13 **arrastrarse:** kriechen, sich schleppen.
14 **apaleado/a** (Am.): geprügelt, geschlagen.
17 **la templanza:** Mäßigkeit.
20 **el tormento:** Folter, Qual.
  sin tregua: unablässig, unermüdlich (*la tregua:* Waffenstillstand, Ruhepause).

las noches acurrucada en la cama de sus hijos, escupiendo maldiciones, mientras al lado roncaba su marido abrazado a la muchacha. Apenas asomaba el sol Antonia debía levantarse, preparar el café y amasar las arepas, mandar a los chiquillos a la escuela, cuidar el huerto, cocinar para los policías, lavar y planchar. Se ocupaba de todas esas tareas como una autómata, mientras del alma le destilaba un rosario de amarguras. Como se negaba a darle comida a su marido, Concha se encargó de hacerlo cuando la otra salía, para no encontrarse con ella ante el fogón de la cocina. Era tanto el odio de Antonia Sierra, que algunos en el pueblo creyeron que acabaría matando a su rival y fueron a pedirle a Riad Halabí y a la Maestra Inés que intervinieran antes de que fuera tarde.

Sin embargo, las cosas no sucedieron de esa manera. Al cabo de dos meses la barriga de Concha parecía una calabaza, se le habían hinchado tanto las piernas que estaban a punto de reventársele las venas, y lloraba continuamente porque se sentía sola y asustada. Tomás Vargas se cansó de tanta lágrima y decidió ir a su casa sólo a dormir. Ya no fue necesario que

---

1 **acurrucado/a:** zusammengekauert, geduckt.
1f. **escupir maldiciones** (fig.): Flüche ausstoßen (*escupir:* spucken).
4f. **amasar las arepas** (Am.): Maisbrötchen backen (*amasar:* kneten).
8 **destilar:** hier: (durch)tropfen.
   un rosario de (fig.): eine Reihe, Serie von (*el rosario:* Rosenkranz).
8f. **la amargura:** Bitterkeit.
11 **el fogón:** Herdfeuer.
18 **la calabaza:** Kürbis.
   hincharse: anschwellen.
19 **reventarse:** zerplatzen, bersten.

las mujeres hicieran turnos para cocinar, Concha perdió el último incentivo para vestirse y se quedó echada en la hamaca mirando el techo, sin ánimo ni para colarse un café. Antonia la ignoró todo el primer día, pero en la noche le mandó un plato de sopa y un vaso de leche caliente con uno de los niños, para que no dijeran que ella dejaba morirse a nadie de hambre bajo su techo. La rutina se repitió y a los pocos días Concha se levantó para comer con los demás. Antonia fingía no verla, pero al menos dejó de lanzar insultos al aire cada vez que la otra pasaba cerca. Poco a poco la derrotó la lástima. Cuando vio que la muchacha estaba cada día más delgada, un pobre espantapájaros con un vientre descomunal y unas ojeras profundas, empezó a matar sus gallinas una por una para darle caldo, y apenas se le acabaron las aves hizo lo que nunca había hecho hasta entonces, fue a pedirle ayuda a Riad Halabí.

– Seis hijos he tenido y varios nacimientos malogrados, pero nunca he visto a nadie enfermarse tanto de preñez – explicó ruborizada –. Está en los huesos, turco, no alcanza a tragarse la comida y ya la está vomitando. No es que a mí me importe, no tengo nada que ver con eso, pero ¿qué le voy a decir a su madre si se me muere? No quiero que me vengan a pedir cuentas después.

Riad Halabí llevó a la enferma en su camioneta al hospital y Antonia los acompañó. Volvieron con una bolsa de píldoras de diferentes colores y un vestido nuevo para Concha, porque el suyo ya no le bajaba de la cintura. La desgracia de la otra mujer forzó a Antonia Sierra a revivir retazos de su juventud, de su primer embarazo y de las mismas violencias que ella soportó. Deseaba, a pesar suyo, que el futuro de Concha Díaz no fuera tan funesto como el propio. Ya no le tenía rabia, sino una callada compasión, y empezó a tratarla como a una hija descarriada, con una autoridad brusca que apenas lograba ocultar su ternura. La joven estaba aterrada al ver las perniciosas transformaciones en su cuerpo, esa deformidad que aumentaba sin control, esa vergüenza de andarse orinando de a poco y de caminar como un ganso, esa

---

6 **la camioneta:** Kleinlastwagen.
8 **la píldora:** Pille.
11 **el retazo:** Fragment.
12 **el embarazo:** Schwangerschaft.
14 **funesto/a:** verhängnisvoll, unglückselig.
15 **la compasión:** Mitleid, Erbarmen.
16 **descarriado/a:** vom Weg abgekommen, verirrt.
17 **la ternurna:** Zärtlichkeit.
18 **aterrado/a:** erschreckt, niedergeschmettert.
   pernicioso/a: verderblich, bösartig.
21 **el ganso:** Gans.

repulsión incontrolable y esas ganas de morirse. Algunos días despertaba muy enferma y no podía salir de la cama, entonces Antonia turnaba a los niños para cuidarla mientras ella partía a cumplir con su trabajo a las carreras, para regresar temprano a atenderla; pero en otras ocasiones Concha amanecía más animosa y cuando Antonia volvía extenuada, se encontraba con la cena lista y la casa limpia. La muchacha le servía un café y se quedaba de pie a su lado, esperando que se lo bebiera, con una mirada líquida de animal agradecido.

El niño nació en el hospital de la ciudad, porque no quiso venir al mundo y tuvieron que abrir a Concha Díaz para sacárselo. Antonia se quedó con ella ocho días, durante los cuales la Maestra Inés se ocupó de sus chiquillos. Las dos mujeres regresaron en la camioneta del almacén y todo Agua Santa salió a darles la bienvenida. La madre venía sonriendo, mientras Antonia exhibía al recién nacido con una algazara de abuela, anunciando que sería bautizado Riad Vargas Díaz, en justo homenaje al turco, porque sin su ayuda la madre no hubiera llegado a tiempo a la maternidad

---

1 **la repulsión:** Rückstoß; hier: Ekel.
3 **turnar:** einteilen, abwechseln.
5 **a las carreras** (Am., fig.): eilig, hastig (*la carrera:* Wettrennen).
6 **amanecer:** tagen; hier (fig.): mit einem bestimmten Gefühl erwachen.
7 **extenuado/a:** erschöpft.
19 **exhibir:** vorzeigen, vorführen.
   la algazara: Getöse, Freudengeschrei.
20 **bautizar:** taufen.
21 **en homenaje de/a:** zu Ehren von.
22 **la maternidad:** Mutterschaft.

y además fue él quien se hizo cargo de los gastos cuando el padre hizo oídos sordos y se fingió más borracho que de costumbre para no desenterrar su oro.

Antes de dos semanas Tomás Vargas quiso exigirle a Concha Díaz que volviera a su hamaca, a pesar de que la mujer todavía tenía un costurón fresco y un vendaje de guerra en el vientre, pero Antonia Sierra se le puso delante con los brazos en jarra, decidida por primera vez en su existencia a impedir que el viejo hiciera según su capricho. Su marido inició el ademán de quitarse el cinturón para darle los correazos habituales, pero ella no lo dejó terminar el gesto y se le fue encima con tal fiereza, que el hombre retrocedió, sorprendido. Esa vacilación lo perdió, porque ella supo entonces quién era el más fuerte. Entretanto Concha Díaz había dejado a su hijo en un rincón y enarbolaba una pesada vasija de barro, con el propósito evidente de reventársela en la cabeza. El hombre

---

1 **hacerse cargo:** übernehmen.
6 **el costurón:** hier: große (grob genähte) Narbe (*la costura:* Naht; *-ón* ist verstärkende Endsilbe).
7 **el vendaje de guerra** (fig.): improvisierter Verband.
el vientre: Bauch, Leib.
8 **los brazos en jarra** (fig.): die Arme in die Seiten gestemmt (*la jarra:* Krug).
10 **el capricho:** Laune, Willkür.
10f. **el ademán:** Gebärde, Haltung.
11 **el correazo:** Hieb mit einem Riemen.
13 **la fiereza:** Wildheit.
14 **la vacilación:** Wanken, Schwanken.
15 **entretanto:** inzwischen, unterdessen.
17 **enarbolar:** hissen; hier: erheben.
la vasija de barro: Steinguttopf.

comprendió su desventaja y se fue del rancho lanzando blasfemias. Toda Agua Santa supo lo sucedido porque él mismo se lo contó a las muchachas del prostíbulo, quienes también dijeron que Vargas ya no funcionaba y que todos sus alardes de semental eran pura fanfarronería y ningún fundamento.

A partir de ese incidente las cosas cambiaron. Concha Díaz se repuso con rapidez y mientras Antonia Sierra salía a trabajar, ella se quedaba a cargo de los niños y las tareas del huerto y de la casa. Tomás Vargas se tragó la desazón y regresó humildemente a su hamaca, donde no tuvo compañía. Aliviaba el despecho maltratando a sus hijos y comentando en la taberna que las mujeres, como las mulas, sólo entienden a palos, pero en la casa no volvió a intentar castigarlas. En las borracheras gritaba a los cuatro vientos las ventajas de la bigamia y el cura tuvo que dedicar varios domingos a rebatirlo desde el púlpito, para que no prendiera la idea y se le fueran al carajo tan-

---

1 **la desventaja:** Nachteil.
3 f. **el prostíbulo:** Bordell.
5 **el alarde de semental:** hier etwa: Machogehabe (*el alarde:* Prahlerei; *el semental:* [Zucht-]Hengst).
6 **la fanfarronería:** Angabe, Großtuerei.
11 **la desazón:** Verdruss.
12 f. **el despecho:** Groll, Zorn.
15 **a palos:** mit Prügeln, Schlägen.
16 **gritar a los cuatro vientos** (fam.): lauthals verkünden.
18 **rebatir:** zurückschlagen; hier: (Gründe) widerlegen.
el púlpito: Kanzel.
19 **prender:** befestigen; hier: Wurzel fassen.
irse al carajo (fam.): vor die Hunde gehen (*el carajo*, Am., vulg.: männliches Glied, ‚Schwanz').

tos años de predicar la virtud cristiana de la monogamia.

En Agua Santa se podía tolerar que un hombre maltratara a su familia, fuera haragán, bochinchero y no devolviera el dinero prestado, pero las deudas del juego eran sagradas. En las riñas de gallos los billetes se colocaban bien doblados entre los dedos, donde todos pudieran verlos, y en el dominó, los dados o las cartas, se ponían sobre la mesa a la izquierda del jugador. A veces los camioneros de la Compañía de Petróleos se detenían para unas vueltas de póquer y aunque ellos no mostraban su dinero, antes de irse pagaban hasta el último céntimo. Los sábados llegaban los guardias del Penal de Santa María a visitar el burdel y a jugar en la taberna su paga de la semana. Ni ellos – que eran mucho más bandidos que los presos a su cargo – se atrevían a jugar si no podían pagar. Nadie violaba esa regla.

Tomás Vargas no apostaba, pero le gustaba mirar a los jugadores, podía pasar horas observando un domi-

---

4 **el haragán:** Faulenzer, Tagedieb.
  el bochinchero (fam.): Krawallbruder.
6 **la riña de gallos:** Hahnenkampf.
7 **doblado/a:** (zusammen)gefaltet.
10 **el camionero:** Lastwagenfahrer.
14 **el Penal de Santa María:** das Santa-Maria-Gefängnis.
  el burdel: Bordell.
15 **la paga:** Bezahlung, Lohn.
16 **(tener) alg. a su cargo:** für jdn. verantwortlich sein, jdn. unter sich haben.
17 **violar:** hier: übertreten, brechen.
19 **apostar:** wetten.

nó, era el primero en instalarse en las riñas de gallos y seguía los números de la lotería que anunciaban por la radio, aunque él nunca compraba uno. Estaba defendido de esa tentación por el tamaño de su avaricia. Sin embargo, cuando la férrea complicidad de Antonia Sierra y Concha Díaz le mermó definitivamente el ímpetu viril, se volcó hacia el juego. Al principio apostaba unas propinas míseras y sólo los borrachos más pobres aceptaban sentarse a la mesa con él, pero con los naipes tuvo más suerte que con sus mujeres y pronto le entró el comején del dinero fácil y empezó a descomponerse hasta el meollo mismo de su naturaleza mezquina. Con la esperanza de hacerse rico en un solo golpe de fortuna y recuperar de paso – mediante la ilusoria proyección de ese triunfo – su humillado prestigio de padrote, empezó a aumentar los

---

4 **la tentación:** Versuchung.
  la avaricia: Geiz.
5 **férreo/a:** bein-, eisenhart.
  la complicidad: Mittäterschaft; hier (fig.) Zusammenhalt.
6 **mermar:** schwinden, schmälern.
7 **el ímpetu:** Schwung.
  viril: männlich.
  volcarse hacia a/c.: hier: sich plötzlich etwas zuwenden (*volcarse*: umkippen).
8 **la propina:** Trinkgeld.
  mísero/a: armselig, elend.
10 **el naipe:** Spielkarte.
11 **el comején** (Am.): Termite; hier (fig.): Kribbeln.
12 **descomponerse:** verderben, zersetzen.
   el meollo: Mark.
13 **mezquino/a:** schäbig.
14 **el golpe de fortuna:** Glücksfall, Glückstreffer.
16 **el padrote** (Am.): Zuchtstier.

riesgos. Pronto se medían con él los jugadores más bravos y los demás hacían rueda para seguir las alternativas de cada encuentro. Tomás Vargas no ponía los billetes estirados sobre la mesa, como era la tradición, pero pagaba cuando perdía. En su casa la pobreza se agudizó y Concha salió también a trabajar. Los niños quedaron solos y la Maestra Inés tuvo que alimentarlos para que no anduvieran por el pueblo aprendiendo a mendigar.

Las cosas se complicaron para Tomás Vargas cuando aceptó el desafío del Teniente y después de seis horas de juego le ganó doscientos pesos. El oficial confiscó el sueldo de sus subalternos para pagar la derrota. Era un moreno bien plantado, con un bigote de morsa y la casaca siempre abierta para que las muchachas pudieran apreciar su torso velludo y su colección de cadenas de oro. Nadie lo estimaba en Agua Santa, porque era hombre de carácter impredecible y se atribuía la autoridad de inventar leyes según su ca-

2 **bravo/a:** leidenschaftlich, beherzt.
   hacer rueda: im Kreis herumstehen, herumsitzen.
4 **estirado/a:** hier: ausgebreitet.
5f. **agudizarse:** schlimmer werden, sich verschlimmern.
9 **mendigar:** betteln.
11 **el desafío:** Herausforderung.
13 **el subalterno:** Untergebener.
14 **la derrota:** Niederlage.
   bien plantado/a: gut gewachsen.
14f. **el bigote de morsa:** Walrossschnurrbart.
15 **la casaca:** Uniformrock.
16 **el torso velludo:** behaarte Brust.
18 **impredecible:** unberechenbar.
19 **atribuirse a/c.:** sich etwas anmaßen.

pricho y conveniencia. Antes de su llegada, la cárcel era sólo un par de cuartos para pasar la noche después de alguna riña – nunca hubo crímenes de gravedad en Agua Santa y los únicos malhechores eran los presos en su tránsito hacia el Penal de Santa María – pero el Teniente se encargó de que nadie pasara por el retén sin llevarse una buena golpiza. Gracias a él la gente le tomó miedo a la ley. Estaba indignado por la pérdida de los doscientos pesos, pero entregó el dinero sin chistar y hasta con cierto desprendimiento elegante, porque ni él, con todo el peso de su poder, se hubiera levantado de la mesa sin pagar.

Tomás Vargas pasó dos días alardeando de su triunfo, hasta que el Teniente le avisó que lo esperaba el sábado para la revancha. Esta vez la apuesta sería de mil pesos, le anunció con un tono tan perentorio que el otro se acordó de los planazos recibidos en el trasero y no se atrevió a negarse. La tarde del sábado la taberna estaba repleta de gente. En la apretura y el calor se acabó el aire y hubo que sacar la mesa a la calle para que todos pudieran ser testigos del juego. Nunca

1 **la conveniencia:** Zweckmäßigkeit; hier: Vorteil.
4 **el malhechor:** Übeltäter.
6 **encargarse:** sorgen für, übernehmen.
7 **el retén** (Am.): Polizeikontrollposten.
la golpiza: Tracht Prügel.
8 **indignado/a:** empört, aufgebracht.
10 **sin chistar** (fam.): ohne zu mucksen.
el desprendimiento: Losmachen; hier (fig.): Teilnahmslosigkeit.
16 **perentorio/a:** endgültig.
19 **estar repleto/a:** bis obenhin voll sein.
la apretura: Gedränge, Enge.

se había apostado tanto dinero en Agua Santa y para asegurar la limpieza del procedimiento designaron a Riad Halabí. Éste empezó por exigir que el público se mantuviera a dos pasos de distancia, para impedir cualquier trampa, y que el Teniente y los demás policías dejaran sus armas en el retén.

– Antes de comenzar ambos jugadores deben poner su dinero sobre la mesa – dijo el árbitro.

– Mi palabra basta, turco – replicó el Teniente.

– En ese caso mi palabra basta también – agregó Tomás Vargas.

– ¿Cómo pagarán si pierden? – quiso saber Riad Halabí.

– Tengo una casa en la capital, si pierdo Vargas tendrá los títulos mañana mismo.

– Está bien. ¿Y tú?

– Yo pago con el oro que tengo enterrado.

El juego fue lo más emocionante ocurrido en el pueblo en muchos años. Toda Agua Santa, hasta los ancianos y los niños se juntaron en la calle. Las únicas ausentes fueron Antonia Sierra y Concha Díaz. Ni el Teniente ni Tomás Vargas inspiraban simpatía alguna, así es que daba lo mismo quien ganara; la diversión consistía en adivinar las angustias de los dos jugadores y de quienes habían apostado a uno u otro. A To-

2 **designar:** bestimmen.
5 **la trampa:** Falle; hier: Schwindel.
8 **el arbitro:** Schiedsrichter.
20 **juntarse:** sich verbinden; hier: sich treffen.
21 **el/la ausente:** Abwesende(r).
24 **la angustia:** Beklemmung, Angst.

más Vargas lo beneficiaba el hecho de que hasta entonces había sido afortunado con los naipes, pero el Teniente tenía la ventaja de su sangre fría y su prestigio de matón.

A las siete de la tarde terminó la partida y, de acuerdo con las normas establecidas, Riad Halabí declaró ganador al Teniente. En el triunfo el policía mantuvo la misma calma que demostró la semana anterior en la derrota, ni una sonrisa burlona, ni una palabra desmedida, se quedó simplemente sentado en su silla escarbándose los dientes con la uña del dedo meñique.

– Bueno, Vargas, ha llegado la hora de desenterrar tu tesoro – dijo, cuando se calló el vocerío de los mirones.

La piel de Tomás Vargas se había vuelto cenicienta, tenía la camisa empapada de sudor y parecía que el aire no le entraba en el cuerpo, se le quedaba atorado en la boca. Dos veces intentó ponerse de pie y le fallaron las rodillas. Riad Halabí tuvo que sostenerlo.

---

1 **beneficiar:** wohltun; hier: zustatten kommen.
2 **afortunado/a:** vom Glück begünstigt.
3 **la ventaja:** Vorteil.
  la sangre fría (fig.): Kaltblütigkeit.
4 **el matón:** Schläger, Raufbold.
10 **desmedido/a:** maßlos; hier: unpassend, ausfallend.
11 **escarbarse:** (sich die Zähne) säubern.
  el dedo meñique: kleiner Finger.
13 **el vocerío:** Geschrei.
13f. **el mirón** (fam.): Gaffer.
15 **ceniciento/a:** aschfahl.
16 **empapado/a de sudor:** nass geschwitzt.
17 **quedarse atorado/a** (Am.): stecken bleiben.
18f. **fallar:** versagen.

El oro de Tomás Vargas 41

Por fin reunió la fuerza para echar a andar en dirección a la carretera, seguido por el Teniente, los policías, el árabe, la Maestra Inés y más atrás todo el pueblo en ruidosa procesión. Anduvieron un par de millas y luego Vargas torció a la derecha, metiéndose en el tumulto de la vegetación glotona que rodeaba a Agua Santa. No había sendero, pero él se abrió paso sin grandes vacilaciones entre los árboles gigantescos y los helechos, hasta llegar al borde de un barranco apenas visible, porque la selva era un biombo impenetrable. Allí se detuvo la multitud, mientras él bajaba con el Teniente. Hacía un calor húmedo y agobiante, a pesar de que faltaba poco para la puesta del sol. Tomás Vargas hizo señas de que lo dejaran solo, se puso a gatas y arrastrándose desapareció bajo unos filodendros de grandes hojas carnudas. Pasó un minuto largo antes que se escuchara su alarido. El Teniente se metió en el follaje, lo cogió por los tobillos y lo sacó a tirones.

– ¡Qué pasa!
– ¡No está, no está!
– ¡Cómo que no está!

---

6 **glotón, glotona:** gefräßig: hier (fig.): wuchernd.
7 **el sendero:** Pfad.
9 **el helecho:** Farn.
   el barranco: Steilhang, (Bach-)Tal.
10f. **el biombo impenetrable** (fig.): undurchdringliche Wand.
11 **la multitud:** Menge.
12f. **agobiante:** hier (fig.): drückend.
15 **a gatas** (adv.): auf allen Vieren.
16 **carnudo/a:** fleischig.
17 **el alarido:** Kriegsgeschrei; hier: Schmerzensschrei.
18 **el follaje:** Laub(werk).

– ¡Lo juro, mi Teniente, yo no sé nada, se lo robaron, me robaron el tesoro! – Y se echó a llorar como una viuda, tan desesperado que ni cuenta se dio de las patadas que le propinó el Teniente.

– ¡Cabrón! ¡Me vas a pagar! ¡Por tu madre que me vas a pagar!

Riad Halabí se lanzó barranco abajo y se lo quitó de las manos antes de que lo convirtiera en mazamorra. Logró convencer al Teniente que se calmara, porque a golpes no resolverían el asunto, y luego ayudó al viejo a subir. Tomás Vargas tenía el esqueleto descalabrado por el espanto de lo ocurrido, se ahogaba de sollozos y eran tantos sus titubeos y desmayos que el árabe tuvo que llevarlo casi en brazos todo el camino de vuelta, hasta depositarlo finalmente en su rancho. En la puerta estaban Antonia Sierra y Concha Díaz sentadas en dos sillas de paja, tomando café y mirando caer la noche. No dieron ninguna señal de consternación al enterarse de lo sucedido y continuaron sorbiendo su café, inmutables.

Tomás Vargas estuvo con calentura más de una semana, delirando con morocotas de oro y naipes marcados, pero era de naturaleza firme y en vez de morirse de congoja, como todos suponían, recuperó la salud. Cuando pudo levantarse no se atrevió a salir durante varios días, pero finalmente su amor por la parranda pudo más que su prudencia, tomó su sombrero de pelo de guama y, todavía tembleque y asustado, partió a la taberna. Esa noche no regresó y dos días después alguien trajo la noticia de que estaba despachurrado en el mismo barranco donde había escondido su tesoro. Lo encontraron abierto en canal a machetazos, como una res, tal como todos sabían que acabaría sus días, tarde o temprano.

Antonia Sierra y Concha Díaz lo enterraron sin grandes señas de desconsuelo y sin más cortejo que Riad Halabí y la Maestra Inés, que fueron por acompañarlas a ellas y no para rendirle homenaje póstumo a quien habían despreciado en vida. Las dos mujeres

---

1 **delirar:** irrereden, phantasieren.
1 f. **los naipes maracados:** gezinkte Karten.
2 **ser de naturaleza firme** (fig.): hart im Nehmen sein (*firme:* fest).
3 **la congoja:** Kummer, Schmerz.
5 f. **la parranda** (fam.): Vergnügen; hier etwa: Auf-die-Gasse-Gehen, Zechtour.
6 **la prudencia:** Klugheit, Vorsicht.
7 **tembleque** (fam.): zittrig, mit weichen Knien.
9 f. **despachurrado/a:** zerquetscht, fertig gemacht.
11 **abierto en canal:** ausgeweidet (wie Schlachtvieh).
11 f. **el machetazo:** Machetenhieb.
12 **la res** (Am.): Rind.
15 **el desconsuelo:** Untröstlichkeit.
el cortejo: Gefolge.
17 **rendir homenaje póstumo:** die letzte Ehre erweisen.
18 **despreciar:** verachten.

siguieron viviendo juntas, dispuestas a ayudarse mutuamente en la crianza de los hijos y en las vicisitudes de cada día. Poco después del sepelio compraron gallinas, conejos y cerdos, fueron en bus a la ciudad y volvieron con ropa para toda la familia. Ese año arreglaron el rancho con tablas nuevas, le agregaron dos cuartos, lo pintaron de azul y después instalaron una cocina a gas, donde iniciaron una industria de comida para vender a domicilio. Cada mediodía partían con todos los niños a distribuir sus viandas en el retén, la escuela, el correo, y si sobraban porciones las dejaban en el mostrador del almacén, para que Riad Halabí se las ofreciera a los camioneros. Y así salieron de la miseria y se iniciaron en el camino de la prosperidad.

1 f. **mutuamente** (adv.): gegenseitig.
2 **la crianza**: Aufzucht; hier (fig.): Erziehung.
2 f. **las vicisitudes de cada día** (loc.): die Wechselfälle des Lebens.
3 **el sepelio:** Begräbnis.
10 **la vianda:** Speise, Essware.
11 **sobrar:** übrig bleiben.

Walimai

El nombre que me dio mi padre es Walimai, que en la lengua de nuestros hermanos del norte quiere decir viento. Puedo contártelo, porque ahora eres como mi propia hija y tienes mi permiso para nombrarme, aunque sólo cuando estemos en familia. Se debe tener mucho cuidado con los nombres de las personas y de los seres vivos, porque al pronunciarlos se toca su corazón y entramos dentro de su fuerza vital. Así nos saludamos como parientes de sangre. No entiendo la facilidad de los extranjeros para llamarse unos a otros sin asomo de temor, lo cual no sólo es falta de respeto, también puede ocasionar graves peligros. He notado que esas personas hablan con la mayor liviandad, sin tener en cuenta que hablar es también ser. El gesto y la palabra son el pensamiento del hombre. No se debe hablar en vano, eso le he enseñado a mis hijos, pero mis consejos no siempre se escuchan. Antiguamente los tabúes y las tradiciones eran respetados. Mis abuelos y los abuelos de mis abuelos recibieron de sus abuelos los conocimientos necesarios. Nada

---

8 **el ser:** (Lebe-)Wesen.
10 **el pariente de sangre:** Blutsverwandter.
11 **la facilidad:** Leichtigkeit.
12 **el asomo:** Anflug, Anzeichen.
17 **en vano:** vergebens; hier: grundlos.

cambiaba para ellos. Un hombre con una buena enseñanza podía recordar cada una de las enseñanzas recibidas y así sabía cómo actuar en todo momento. Pero luego vinieron los extranjeros hablando contra la sabiduría de los ancianos y empujándonos fuera de nuestra tierra. Nos internamos cada vez más adentro de la selva, pero ellos siempre nos alcanzan, a veces tardan años, pero finalmente llegan de nuevo y entonces nosotros debemos destruir los sembrados, echarnos a la espalda los niños, atar los animales y partir. Así ha sido desde que me acuerdo: dejar todo y echar a correr como ratones y no como grandes guerreros y los dioses que poblaron este territorio en la antigüedad. Algunos jóvenes tienen curiosidad por los blancos y mientras nosotros viajamos hacia lo profundo del bosque para seguir viviendo como nuestros antepasados, otros emprenden el camino contrario. Consideramos a los que se van como si estuvieran muertos, porque muy pocos regresan y quienes lo hacen han cambiado tanto que no podemos reconocerlos como parientes.

Dicen que en los años anteriores a mi venida al mundo no nacieron suficientes hembras en nuestro pueblo y por eso mi padre tuvo que recorrer largos

5 **la sabiduría:** Weisheit.
6 **internarse:** eindringen.
7 **alcanzar:** erreichen, einholen.
9 **el sembrado:** (Saat-)Feld.
10 **atar:** (fest)binden.
16f. **el antepasado:** Ahne.
17 **emprender a/c.:** etwas beginnen, etwas in Angriff nehmen.
23 **la hembra:** Weibchen; hier: Frau.

caminos para buscar esposa en otra tribu. Viajó por los bosques, siguiendo las indicaciones de otros que recorrieron esa ruta con anterioridad por la misma razón, y que volvieron con mujeres forasteras. Después de mucho tiempo, cuando mi padre ya comenzaba a perder la esperanza de encontrar compañera, vio a una muchacha al pie de una alta cascada, un río que caía del cielo. Sin acercarse demasiado, para no espantarla, le habló en el tono que usan los cazadores para tranquilizar a su presa, y le explicó su necesidad de casarse. Ella le hizo señas para que se aproximara, lo observó sin disimulo y debe haberle complacido el aspecto del viajero, porque decidió que la idea del matrimonio no era del todo descabellada. Mi padre tuvo que trabajar para su suegro hasta pagarle el valor de la mujer. Después de cumplir con los ritos de la boda, los dos hicieron el viaje de regreso a nuestra aldea.

Yo crecí con mis hermanos bajo los árboles, sin ver nunca el sol. A veces caía un árbol herido y quedaba un hueco en la cúpula profunda del bosque, entonces veíamos el ojo azul del cielo. Mis padres me contaron cuentos, me cantaron canciones y me enseñaron lo que deben saber los hombres para sobrevivir sin ayu-

---

9 **espantar:** erschrecken.
10 **la presa:** Beute.
11 **aproximarse:** sich nähern.
12 **sin disimulo** (fig.): ohne Scheu (*el disimulo:* Verstellung).
   complacer: gefallen.
14 **descabellado/a:** unsinnig.
16 **cumplir:** erfüllen.
21 **el hueco:** Lücke, Hohlraum.

da, sólo con su arco y sus flechas. De este modo fui libre. Nosotros, los Hijos de la Luna, no podemos vivir sin libertad. Cuando nos encierran entre paredes o barrotes nos volcamos hacia adentro, nos ponemos ciegos y sordos y en pocos días el espíritu se nos despega de los huesos del pecho y nos abandona. A veces nos volvemos como animales miserables, pero casi siempre preferimos morir. Por eso nuestras casas no tienen muros, sólo un techo inclinado para detener el viento y desviar la lluvia, bajo el cual colgamos nuestras hamacas muy juntas, porque nos gusta escuchar los sueños de las mujeres y los niños y sentir el aliento de los monos, los perros y las lapas, que duermen bajo el mismo alero. Los primeros tiempos viví en la selva sin saber que existía mundo más allá de los acantilados y los ríos. En algunas ocasiones vinieron amigos visitantes de otras tribus y nos contaron rumores de Boa Vista y de El Platanal, de los extranjeros y sus costumbres, pero creíamos que eran sólo cuentos para hacer reír. Me hice hombre y llegó mi turno de conseguir una esposa, pero decidí esperar porque pre-

---

1 **(el) arco y (la) flecha:** Pfeil und Bogen.
4 **el barrote:** Eisenstange; hier (fig.): Gitter.
  volcarse hacia adentro: sich nach innen kehren.
5 f. **despegar:** ab-, loslösen.
9 **inclinado/a:** schräg.
10 **desviar:** ablenken, ableiten.
13 **la lapa** (Am.): Grünflügelara (Papagei).
14 **el alero:** Wetterdach, Vordach.
16 **el acantilado:** Felswand.
17 f. **el rumor:** Geräusch; hier: Gerücht.
20 **llegarle el turno a alg.:** an der Reihe sein.

fería andar con los solteros, éramos alegres y nos divertíamos. Sin embargo, yo no podía dedicarme al juego y al descanso como otros, porque mi familia es numerosa: hermanos, primos, sobrinos, varias bocas que alimentar, mucho trabajo para un cazador.

Un día llegó un grupo de hombres pálidos a nuestra aldea. Cazaban con pólvora, desde lejos, sin destreza ni valor, eran incapaces de trepar a un árbol o de clavar un pez con una lanza en el agua, apenas podían moverse en la selva, siempre enredados en sus mochilas, sus armas y hasta en sus propios pies. No se vestían de aire, como nosotros, sino que tenían unas ropas empapadas y hediondas, eran sucios y no conocían las reglas de la decencia, pero estaban empeñados en hablarnos de sus conocimientos y de sus dioses. Los comparamos con lo que nos habían contado sobre los blancos y comprobamos la verdad de esos chismes. Pronto nos enteramos que éstos no eran misioneros, soldados ni recolectores de caucho, estaban locos, querían la tierra y llevarse la madera, también buscaban piedras. Les explicamos que la selva no se

7f. **la destreza:** Geschicklichkeit.
8 **trepar:** klettern.
10 **enredado/a:** verheddert, verstrickt.
11 **la mochila:** Rucksack.
13 **empapado/a:** (schweiß)getränkt, durchnässt.
   hediondo/a: stinkend.
14 **la decencia:** Anstand.
14f. **empeñarse:** darauf bestehen.
17 **comprobar:** bestätigen.
18 **el chisme:** Gerede.
19 **el recolector de caucho:** Kautschuksammler.

puede cargar a la espalda y transportar como un pájaro muerto, pero no quisieron escuchar razones. Se instalaron cerca de nuestra aldea. Cada uno de ellos era como un viento de catástrofe, destruía a su paso todo lo que tocaba, dejaba un rastro de desperdicio, molestaba a los animales y a las personas. Al principio cumplimos con las reglas de la cortesía y les dimos el gusto, porque eran nuestros huéspedes, pero ellos no estaban satisfechos con nada, siempre querían más, hasta que, cansados de esos juegos, iniciamos la guerra con todas las ceremonias habituales. No son buenos guerreros, se asustan con facilidad y tienen los huesos blandos. No resistieron los garrotazos que les dimos en la cabeza. Después de eso abandonamos la aldea y nos fuimos hacia el este, donde el bosque es impenetrable, viajando grandes trechos por las copas de los árboles para que no nos alcanzaran sus compañeros. Nos había llegado la noticia de que son vengativos y que por cada uno de ellos que muere, aunque sea en una batalla limpia, son capaces de eliminar a toda una tribu incluyendo a los niños. Descubrimos un lugar donde establecer otra aldea. No era tan bueno, las mujeres debían caminar horas para buscar agua limpia, pero allí nos quedamos porque creímos que nadie nos buscaría tan lejos. Al cabo de un año, en una ocasión en que tuve que

---

5 **el desperdicio:** Verschwendung.
13f. **el garrotazo:** Knüppelschlag.
16 **impenetrable:** undurchdringlich.
17 **el trecho:** Strecke.
   la copa de un árbol: Baumkrone.

alejarme mucho siguiendo la pista de un puma, me acerqué demasiado a un campamento de soldados. Yo estaba fatigado y no había comido en varios días, por eso mi entendimiento estaba aturdido. En vez de dar media vuelta cuando percibí la presencia de los soldados extranjeros, me eché a descansar. Me cogieron los soldados. Sin embargo no mencionaron los garrotazos propinados a los otros, en realidad no me preguntaron nada, tal vez no conocían a esas personas o no sabían que yo soy Walimai. Me llevaron a trabajar con los caucheros, donde había muchos hombres de otras tribus, a quienes habían vestido con pantalones y obligaban a trabajar, sin considerar para nada sus deseos. El caucho requiere mucha dedicación y no había suficiente gente por esos lados, por eso debían traernos a la fuerza. Ése fue un período sin libertad y no quiero hablar de ello. Me quedé solo para ver si aprendía algo, pero desde el principio supe que iba a regresar donde los míos. Nadie puede retener por mucho tiempo a un guerrero contra su voluntad.

Se trabajaba de sol a sol, algunos sangrando a los árboles para quitarles gota a gota la vida, otros coci-

---

3 **fatigado/a:** müde, erschöpft.
4 **el entendimiento:** Verstand, Begriffsvermögen.
  aturdir: betäuben.
5 **dar media vuelta:** kehrtmachen.
  percibir: wahrnehmen.
8 **propinar:** (Prügel) verpassen.
13 **obligar:** verpflichten, zwingen.
14f. **la dedicación:** Einweihung; hier (fig.): Hingabe.
22 **de sol al sol:** von morgens bis abends.

nando el líquido recogido para espesarlo y convertirlo en grandes bolas. El aire libre estaba enfermo con el olor de la goma quemada y el aire en los dormitorios comunes lo estaba con el sudor de los hombres. En ese lugar nunca pude respirar a fondo. Nos daban de comer maíz, plátano y el extraño contenido de unas latas, que jamás probé porque nada bueno para los humanos puede crecer en unos tarros. En un extremo del campamento habían instalado una choza grande donde mantenían a las mujeres. Después de dos semanas trabajando con el caucho, el capataz me entregó un trozo de papel y me mandó donde ellas. También me dio una taza de licor, que yo volqué en el suelo, porque he visto cómo esa agua destruye la prudencia. Hice la fila, con todos los demás. Yo era el último y cuando me tocó entrar en la choza, el sol ya se había puesto y comenzaba la noche, con su estrépito de sapos y loros.

Ella era de la tribu de los Ila, los de corazón dulce, de donde vienen las muchachas más delicadas. Algunos hombres viajan durante meses para acercarse a

---

1 **espesar:** eindicken.
7 **la lata:** Dose.
8 **el tarro:** Büchse.
9 **la choza:** Hütte.
11 **el capataz:** Aufseher, Vorarbeiter.
13 **volcar:** ausschütten, umkippen.
14f. **la prudencia:** Vernunft.
15 **hacer la fila:** sich anstellen, sich in die Reihe stellen.
17 **el estrépito:** Getöse.
18 **el sapo:** Kröte.
    el loro: Papagei.

los Ila, les llevan regalos y cazan para ellos, en la esperanza de conseguir una de sus mujeres. Yo la reconocí a pesar de su aspecto de lagarto, porque mi madre también era una Ila. Estaba desnuda sobre un petate, atada por el tobillo con una cadena fija en el suelo, aletargada, como si hubiera aspirado por la nariz el «yopo» de la acacia, tenía el olor de los perros enfermos y estaba mojada por el rocío de todos los hombres que estuvieron sobre ella antes que yo. Era del tamaño de un niño de pocos años, sus huesos sonaban como piedrecitas en el río. Las mujeres Ila se quitan todos los vellos del cuerpo, hasta las pestañas, se adornan las orejas con plumas y flores, se atraviesan palos pulidos en las mejillas y la nariz, se pintan dibujos en todo el cuerpo con los colores rojo del onoto, morado de la palmera y negro del carbón. Pero ella ya no tenía nada de eso. Dejé mi machete en el suelo y la saludé como hermana, imitando algu-

3 **el lagarto:** (große) Eidechse.
4f. **el petate** (Am.): Palmblattmatte.
6 **aletargado/a:** willenlos, schlaff.
7 **el «yopo» de la acacia:** schwarze Bohne einer Akazienart, die pulverisiert und gebrannt als Rauschmittel von den südamerikanischen Indianern geschnupft wurde.
8 **el rocío:** Tau, Sprühregen; hier (fig.): Sperma.
12 **el vello:** (Körper)Haar.
la pestaña: Wimper.
13 **adornarse:** schmücken.
14 **pulido/a:** poliert.
la mejilla: Wange.
16 **el onoto:** Orleanstrauch (auch Ruku- oder Urucubaum; aus den Samen wird ein roter Farbstoff gewonnen).
morado/a: dunkelviolett.

nos cantos de pájaros y el ruido de los ríos. Ella no respondió. Le golpeé con fuerza el pecho, para ver si su espíritu resonaba entre las costillas, pero no hubo eco, su alma estaba muy débil y no podía contestarme. En cuclillas a su lado le di de beber un poco de agua y la hablé en la lengua de mi madre. Ella abrió los ojos y miró largamente. Comprendí.

Antes que nada me lavé sin malgastar el agua limpia. Me eché un buen sorbo a la boca y lo lancé en chorros finos contra mis manos, que froté bien y luego empapé para limpiarme la cara. Hice lo mismo con ella, para quitarle el rocío de los hombres. Me saqué los pantalones que me había dado el capataz. De la cuerda que me rodeaba la cintura colgaban mis palos para hacer fuego, algunas puntas de flechas, mi rollo de tabaco, mi cuchillo de madera con un diente de rata en la punta y una bolsa de cuero bien firme, donde tenía un poco de curare. Puse un poco de esa pasta en la punta de mi cuchillo, me incliné sobre la mujer y con el instrumento envenenado le abrí un corte en el

3 **resonar:** widerhallen, ertönen.
   la costilla: Rippe.
5 **en cuclillas:** hockend.
8 **malgastar:** verschwenden.
9 **el sorbo:** Schluck.
10 **el chorro:** Strahl.
   frotar: reiben.
11 **empapar:** eintauchen, nass machen.
14 **la cuerda:** Schnur.
   rodear: umgeben.
   la cintura: Taille.
18 **el curare:** tödliches südamerikanisches Pfeilgift.
20 **envenenado/a:** vergiftet.

cuello. La vida es un regalo de los dioses. El cazador
mata para alimentar a su familia, él procura no probar la carne de su presa y prefiere la que otro cazador
le ofrece. A veces, por desgracia, un hombre mata a
otro en la guerra, pero jamás puede hacer daño a una
mujer o a un niño. Ella me miró con grandes ojos,
amarillos como la miel, y me parece que intentó sonreír agradecida. Por ella yo había violado el primer
tabú de los Hijos de la Luna y tendría que pagar mi
vergüenza con muchos trabajos de expiación. Acerqué mi oreja a su boca y ella murmuró su nombre. Lo
repetí dos veces en mi mente para estar bien seguro
pero sin pronunciarlo en alta voz, porque no se debe
mentar a los muertos para no perturbar su paz, y ella
ya lo estaba, aunque todavía palpitara su corazón.
Pronto vi que se le paralizaban los músculos del vientre, del pecho y de los miembros, perdió el aliento,
cambió de color, se le escapó un suspiro y su cuerpo
se murió sin luchar, como mueren las criaturas pequeñas.

2 **procurar** (+ inf.): versuchen zu.
4 **la desgracia:** Unglück.
8 **violar:** hier: übertreten, brechen.
10 **la expiación:** Sühne.
11 **murmurar:** murmeln.
14 **mentar:** erwähnen.
   perturbar: stören.
15 **palpitar:** schlagen.
16 **paralizarse:** erlahmen.
16f. **el vientre:** Bauch, Leib.
17 **los miembros** (pl.): Gliedmaßen.
18 **el suspiro:** Seufzer.
19 **la criatura:** Geschöpf; hier: Kind.

De inmediato sentí que el espíritu se le salía por las narices y se introducía en mí, aferrándose a mi esternón. Todo el peso de ella cayó sobre mí y tuve que hacer un esfuerzo para ponerme de pie, me movía con torpeza, como si estuviera bajo el agua. Doblé su cuerpo en la posición del descanso último, con las rodillas tocando el mentón, la até con las cuerdas del petate, hice una pila con los restos de la paja y usé mis palos para hacer fuego. Cuando vi que la hoguera ardía segura, salí lentamente de la choza, trepé el cerco del campamento con mucha dificultad, porque ella me arrastraba hacia abajo, y me dirigí al bosque. Había alcanzado los primeros árboles cuando escuché las campanas de alarma.

Toda la primera jornada caminé sin detenerme ni un instante. Al segundo día fabriqué un arco y unas flechas y con ellos pude cazar para ella y también para mí. El guerrero que carga el peso de otra vida humana debe ayunar por diez días, así se debilita el espíritu del difunto, que finalmente se desprende y se va al territorio de las almas. Si no lo hace, el espíritu engorda con los alimentos y crece dentro del hombre

---

2 **aferrar:** festhalten, verankern.
2f. **el esternón:** Brustbein.
5 **la torpeza:** Schwerfälligkeit.
   doblar: biegen, krümmen.
9 **la hoguera:** Scheiterhaufen, Feuer.
10f. **el cerco:** Zaun.
12 **arrastrar:** kriechen; hier: ziehen.
19 **ayunar:** fasten.
20 **el difunto:** Verstorbener.
   desprenderse: sich freimachen.
22 **engordar:** dick werden; hier (fig.): sich ausbreiten.

hasta sofocarlo. He visto algunos de hígado bravo morir así. Pero antes de cumplir con esos requisitos yo debía conducir el espíritu de la mujer Ila hacia la vegetación más oscura, donde nunca fuera hallado. Comí muy poco, apenas lo suficiente para no matarla por segunda vez. Cada bocado en mi boca sabía a carne podrida y cada sorbo de agua era amargo, pero me obligué a tragar para nutrirnos a los dos. Durante una vuelta completa de la luna me interné selva adentro llevando el alma de la mujer, que cada día pesaba más. Hablamos mucho. La lengua de los Ila es libre y resuena bajo los árboles con un largo eco. Nosotros nos comunicamos cantando, con todo el cuerpo, con los ojos, con la cintura, los pies. Le repetí las leyendas que aprendí de mi madre y de mi padre, le conté mi pasado y ella me contó la primera parte del suyo, cuando era una muchacha alegre que jugaba con sus hermanos a revolcarse en el barro y balancearse de las ramas más altas. Por cortesía, no mencionó su último tiempo de desdichas y de humillaciones. Cacé un pájaro blanco, le arranqué las mejores plumas y le hice adornos para las orejas. Por las noches mantenía encendida una pequeña hoguera, para que ella no tuviera frío y para que los jaguares y las serpientes no

1 **sofocar:** ersticken.
  de hígado bravo (fig.): tapfer (*el hígado:* Leber; *bravo/a:* wild).
2 **el requisito:** Erfordernis.
4 **hallar:** finden.
7 **podrido/a:** faulig, verdorben.
12 **resonar:** nachhallen.
18 **revolcarse:** sich wälzen, sich suhlen.
20 **las desdichas** (pl.): Unglück, Elend.

molestaran su sueño. En el río la bañé con cuidado, frotándola con ceniza y flores machacadas, para quitarle los malos recuerdos.

Por fin un día llegamos al sitio preciso y ya no teníamos más pretextos para seguir andando. Allí la selva era tan densa que en algunas partes tuve que abrir paso rompiendo la vegetación con mi machete y hasta con los dientes, y debíamos hablar en voz baja, para no alterar el silencio del tiempo. Escogí un lugar cerca de un hilo de agua, levanté un techo de hojas e hice una hamaca para ella con tres trozos largos de corteza. Con mi cuchillo me afeité la cabeza y comencé mi ayuno.

Durante el tiempo que caminamos juntos la mujer y yo nos amamos tanto que ya no deseábamos separarnos, pero el hombre no es dueño de la vida, ni siquiera de la propia, de modo que tuve que cumplir con mi obligación. Por muchos días no puse nada en mi boca, sólo unos sorbos de agua. A medida que las fuerzas se debilitaban ella se iba desprendiendo de mi abrazo, y su espíritu, cada vez más etéreo, ya no me pesaba como antes. A los cinco días ella dio sus primeros pasos por los alrededores, mientras yo dormitaba, pero no estaba lista para seguir su viaje sola y volvió a mi lado. Repitió esas excursiones en varias oportunidades, alejándose cada vez un poco más. El

---

2 **machacado/a:** zerstoßen.
6f. **abrir paso:** den Weg freimachen, freischlagen.
9 **alterar:** verändern; hier: stören.
10 **el hilo de agua:** Rinnsal, kleiner Bach (*el hilo:* Faden).
12 **la corteza:** Rinde.
24 **estar listo/a:** bereit sein.

dolor de su partida era para mí tan terrible como una quemadura y tuve que recurrir a todo el valor aprendido de mi padre para no llamarla por su nombre en voz alta atrayéndola así de vuelta conmigo para siempre. A los doce días soñé que ella volaba como un tucán por encima de las copas de los árboles y desperté con el cuerpo muy liviano y con deseos de llorar. Ella se había ido definitivamente. Cogí mis armas y caminé muchas horas hasta llegar a un brazo del río. Me sumergí en el agua hasta la cintura, ensarté un pequeño pez con un palo afilado y me lo tragué entero, con escamas y cola. De inmediato lo vomité con un poco de sangre, como debe ser. Ya no me sentí triste. Aprendí entonces que algunas veces la muerte es más poderosa que el amor. Luego me fui a cazar para no regresar a mi aldea con las manos vacías.

---

2 **la quemadura:** Verbrennung.
  recurrir a: sich wenden an, zurückgreifen auf.
10 **sumergir:** eintauchen.
  ensartar: aufspießen.
11 **afilado/a:** scharf, geschliffen.
12 **la escama:** Schuppe.
  vomitar: erbrechen.

Regalo para una novia

Horacio Fortunato había alcanzado los cuarenta y seis años cuando entró en su vida la judía escuálida que estuvo a punto de cambiarle sus hábitos de truhán y destrozarle la fanfarronería. Era de raza de gente de circo, de esos que nacen con huesos de goma y una habilidad natural para dar saltos mortales y a la edad en que otras criaturas se arrastran como gusanos, ellos se cuelgan del trapecio cabeza abajo y le cepillan la dentadura al león. Antes de que su padre lo convirtiera en una empresa seria, en vez de la humorada que hasta entonces había sido, el Circo Fortunato pasó por más penas que glorias. En algunas épocas de catástrofe o desorden, la compañía se reducía a

---

2 **alcanzar:** einholen; hier: erreichen.
3 **escuálido/a:** abgemagert, dürr.
4 f. **los hábitos de truhán:** hier: Rüpelallüren (*el hábito:* Gewohnheit; *el truhán:* Gauner).
5 **destrozar:** zerstören; hier: abgewöhnen.
   la fanfarronería: Aufschneiderei.
7 **la habilidad:** Geschicklichkeit.
8 **la criatura:** Geschöpf; hier: Kind.
   arrastrarse: kriechen.
8 f. **el gusano:** Wurm.
9 f. **cepillar:** putzen, bürsten.
10 **la dentadura:** Gebiss.
11 **convertirse en:** werden zu, sich verwandeln in.
11 f. **la humorada:** Witz.

dos o tres miembros del clan deambulando por los caminos en un destartalado carromato, con una carpa rotosa que levantaban en pueblos de lástima. El abuelo de Horacio cargó solo con el peso de todo el espectáculo durante años; caminaba en la cuerda floja, hacía malabarismos con antorchas encendidas, tragaba sables toledanos, extraía tanto naranjas como serpientes de un sombrero de copa y bailaba gracioso minué con su única compañera, una mona ataviada de miriñaque y sombrero emplumado. Pero el abuelo logró sobreponerse al infortunio y mientras muchos otros circos sucumbieron vencidos por otras diversiones modernas, él salvó el suyo y al final de su vida pudo retirarse al sur del continente a cultivar un huerto de espárragos y fresas, dejándole una empresa sin deudas a su hijo Fortunato II. Este hombre care-

---

1 **deambular:** wandeln, schlendern, herumstreifen.
2 **destartalado/a:** wackelig, baufällig.
   el carromato: zweispänniger Lastkarren; hier (fig.): Klapperkiste.
5f. **la cuerda floja:** (Akrobaten-)Drahtseil.
6 **el malabarismo:** Jongleurkunst, Jonglieren.
   la antorcha: Fackel.
7 **el sable toledano:** Säbel aus Toledo (berühmt für seine Qualität und Schärfe).
8 **el sombrero de copa:** Zylinderhut.
9 **el minué:** Menuett.
   ataviar: schmücken.
10 **el miriñaque:** Reifrock.
11 **sobreponerse a:** sich hinwegsetzen über.
   el infortunio: Unglück, Schicksalsschlag.
12 **sucumbir:** unterliegen, erliegen.
15 **el espárrago:** Spargel.
16f. **carecer de a/c.:** einer Sache entbehren, ermangeln.

cía de la humildad de su padre y no era proclive a los
equilibrios en la cuerda o a las piruetas con un chimpancé,
pero en cambio estaba dotado de una firme
prudencia de comerciante. Bajo su dirección el circo
creció en tamaño y prestigio, hasta convertirse en el
más grande del país. Tres carpas monumentales pintadas
a rayas reemplazaban el modesto tenderete de los
malos tiempos, jaulas diversas albergaban un zoológico
ambulante de fieras amaestradas, y otros vehículos
de fantasía transportaban a los artistas, incluyendo al
único enano hermafrodita y ventrílocuo de la historia.
Una réplica exacta de la carabela de Cristóbal Colón
transportada sobre ruedas, completaba el Gran Circo
Internacional Fortunato. Esta enorme caravana ya no
navegaba a la deriva, como antes lo hiciera con el
abuelo, sino que iba en línea recta por las carreteras
principales desde el Río Grande hasta el Estrecho de
Magallanes, deteniéndose sólo en las grandes ciudades,
donde entraba con tal escándalo de tambores,
elefantes y payasos, con la carabela a la cabeza como

1 **la humildad:** Bescheidenheit.
   ser proclive a: neigen zu.
1f. **los equilibrios en la cuerda:** Seiltänzerkunststücke (*el equilibrio:* Gleichgewicht).
3 **estar dotado/a:** versehen sein, begabt sein.
4 **la prudencia:** Klugheit.
7 **el tenderete:** Marktzelt.
9 **la fiera:** Raubtier.
   amaestrado/a: dressiert, abgerichtet.
11 **el enano:** Zwerg.
   el hermafrodita (pl. *los hermafroditas*): Zwitter.
   el ventrílocuo: Bauchredner.
15 **navegar a la deriva** (fig.): sich treiben lassen (*la deriva:* Abdrift).

un prodigioso recuerdo de la Conquista, que nadie se quedaba sin saber que el circo había llegado.

Fortunato II se casó con una trapecista y con ella tuvo un hijo a quien llamaron Horacio. La mujer se quedó en un lugar de paso, decidida a independizarse del marido y mantenerse mediante su incierto oficio, dejando al niño con su padre. De ella prevaleció un recuerdo difuso en la mente de su hijo, quien no lograba separar la imagen de su madre de las numerosas acróbatas que conoció en su vida. Cuando él tenía diez años, su padre se casó con otra artista del circo, esta vez con una equitadora capaz de equilibrarse de cabeza sobre un animal al galope o saltar de una grupa a otra con los ojos vendados. Era muy bella. Por mucha agua, jabón y perfumes que usara, no podía quitarse un rastro de olor a caballo, un seco aroma de sudor y esfuerzo. En su regazo magnífico el pequeño Horacio, envuelto en ese olor único, encontraba consuelo por la ausencia de su madre. Pero con el tiempo la equitadora también partió sin despedirse. En la madurez Fortunato II se casó en terceras nupcias con una suiza que andaba conociendo América en un bus de turistas. Estaba cansado de su existencia de bedui-

---

1 **prodigioso/a:** großartig, gewaltig.
7 **prevalecer:** überwiegen.
12 **el equitador / la equitadora:** Reiter(in).
13f. **la grupa:** Pferderücken.
17 **el regazo:** Schoß.
18f. **el consuelo:** Trost.
19 **la ausencia:** Abwesenheit.
21 **la madurez:** Reife, reifes Alter.
   casarse en terceras nupcias: in dritter Ehe heiraten.

no y se sentía viejo para nuevos sobresaltos, de modo que cuando ella se lo pidió no tuvo ni el menor inconveniente en cambiar el circo por un destino sedentario y acabó instalado en una finca de los Alpes, entre cerros y bosques bucólicos. Su hijo Horacio, que ya tenía veintitantos años, quedó a cargo de la empresa.

Horacio se había criado en la incertidumbre de cambiar de lugar cada día, dormir siempre sobre ruedas y vivir bajo una carpa, pero se sentía muy a gusto con su suerte. No envidiaba en absoluto a otras criaturas que iban de uniforme gris a la escuela y tenían trazados sus destinos desde antes de nacer. Por contraste, él se sentía poderoso y libre. Conocía todos los secretos del circo y con la misma actitud desenfadada limpiaba los excrementos de las fieras o se balanceaba a cincuenta metros de altura vestido de húsar, seduciendo al público con su sonrisa de delfín. Si en algún momento añoró algo de estabilidad, no lo admitió ni dormido. La experiencia de haber sido abandonado, primero por la madre y luego por la madrastra, lo hizo desconfiado,

---

1 **el sobresalto:** Schrecken, Überstürzung.
2f. **no tener inconveniente en hacer a/c.:** nichts dagegen haben, gerne bereit sein etwas zu tun.
4 **sedentario/a:** sesshaft, häuslich.
5 **bucólico/a:** Hirten-, Schäfer-.
8 **la incertidumbre:** Ungewissheit.
12 **trazar:** abstecken, vorzeichnen.
15 **desenfadado/a:** ungezwungen, heiter.
18f. **añorar alg. / a/c.:** sich nach jdm./etwas sehnen.
21 **la madrastra:** Stiefmutter.
  desconfiado/a: misstrauisch.

sobre todo de las mujeres, pero no llegó a convertirse en un cínico, porque del abuelo había heredado un corazón sentimental. Tenía un inmenso talento circense, pero más que el arte le interesaba el aspecto comercial del negocio. Desde pequeño se propuso ser rico, con la ingenua intención de conseguir con dinero la seguridad que no obtuvo en su familia. Multiplicó los tentáculos de la empresa comprando una cadena de estadios de boxeo en varias capitales. Del boxeo pasó naturalmente a la lucha libre y como era hombre de imaginación juguetona, transformó ese grosero deporte en un espectáculo dramático. Fueron iniciativas suyas la Momia, que se presentaba en el ring dentro de un sarcófago egipcio; Tarzán, cubriendo sus impudicias con una piel de tigre tan pequeña que a cada salto del luchador el público retenía el aliento a la espera de alguna revelación; el Ángel, que apostaba su cabellera de oro y cada noche la perdía bajo las tijeras del feroz Kuramoto – un indio mapuche disfrazado de samurai

5 **proponerse a/c.:** sich etwas vornehmen.
6 **ingenuo/a:** naiv, einfältig.
10 **la lucha libre:** Freistilringen.
11 **grosero/a:** plump; hier: kunstlos.
13 **la momia:** Mumie.
14 **las impudicias** (pl.): hier (fig.): unzüchtige Körperteile (*la impudicia:* Unkeuschheit, Schamlosigkeit).
16 **retener el aliento:** den Atem anhalten.
17 **la cabellera:** Haar.
18 **feroz:** wild.
19 **mapuche:** araukanisch (Araukanien: Region in Chile; die Ureinwohner sind die Mapuche).
disfrazado/a: verkleidet.

Regalo para una novia 67

– para reaparecer al día siguiente con sus rizos intactos, prueba irrefutable de su condición divina. Éstas y otras aventuras comerciales, así como sus apariciones públicas con un par de guardaespaldas, cuyo papel consistía en intimidar a sus competidores y picar la curiosidad de las mujeres, le dieron un prestigio de hombre malo, que él celebraba con enorme regocijo. Llevaba una buena vida, viajaba por el mundo cerrando tratos y buscando monstruos, aparecía en clubes y casinos, poseía una mansión de cristal en California y un rancho en Yucatán, pero vivía la mayor parte del año en hoteles de ricos. Disfrutaba de la compañía de rubias de alquiler. Las escogía suaves y de senos frutales, como homenaje al recuerdo de su madrastra, pero no se afligía demasiado por asuntos amorosos y cuando su abuelo le reclamaba que se casara y echara hijos al mundo para que el apellido de los Fortunato no se desintegrara sin heredero, él replicaba que ni demente subiría al patíbulo matrimonial. Era un hombronazo moreno con una melena peinada a la cachetada, ojos

1 **el rizo:** Locke.
2 **irrefutable:** unwiderlegbar.
4 **el guardaespaldas:** Leibwächter.
5 **intimidar:** einschüchtern.
7 **el regocijo:** Freude, Jubel.
13 **el seno:** Busen.
14 **el homenaje:** Ehrung, Huldigung.
15 **afligirse:** sich grämen, sich quälen.
19 **el patíbulo:** Galgen, Schafott.
 el hombronazo (aum., fam.): *el hombrón:* grobschlächtiger Kerl.
20 **la melena:** Mähne.
 peinado/a a la cachetada (Am., fig.): mit Pomade zurückgekämmt (*la cachetada:* Ohrfeige).

traviesos y una voz autoritaria, que acentuaba su alegre vulgaridad. Le preocupaba la elegancia y se compraba ropa de duque, pero sus trajes resultaban un poco brillantes, las corbatas algo audaces, el rubí de su anillo demasiado ostentoso, su fragancia muy penetrante. Tenía el corazón de un domador de leones y ningún sastre inglés lograba disimularlo.

Este hombre, que había pasado buena parte de su existencia alborotando el aire con sus despilfarros, se cruzó un martes de marzo con Patricia Zimmerman y se le terminaron la inconsecuencia del espíritu y la claridad del pensamiento. Se hallaba en el único restaurante de esta ciudad donde todavía no dejan entrar negros, con cuatro compinches y una diva a quien pensaba llevar por una semana a las Bahamas, cuando Patricia entró al salón del brazo de su marido, vestida de seda y adornada con algunos de esos diamantes que hicieron célebre a la firma Zimmerman y Cía. Nada más diferente a su inolvidable madrastra olorosa a sudor de caballos o a las rubias complacientes,

---

1 **travieso/a:** keck, mutwillig.
4 **audaz:** verwegen.
  el rubí: Rubin.
5 **ostentoso/a:** protzig.
6 **el domador:** Dompteur.
7 **disimular:** verschleiern, vertuschen.
9 **alborotar** (fam.): empören, aufwiegeln, durcheinander bringen.
  el despilfarro: Verschwendung.
11 **la inconsequencia:** Unbeständigkeit.
14 **el compinche** (fam.): Kumpan.
17 **adornar:** schmücken.
20 **complaciente:** gefällig.

que esa mujer. La vio avanzar, pequeña, fina, los huesos del escote a la vista y el cabello castaño recogido en un moño severo, y sintió las rodillas pesadas y un ardor insoportable en el pecho. Él prefería a las hembras simples y bien dispuestas para la parranda y a esa mujer había que mirarla de cerca para valorar sus virtudes, y aun así sólo serían visibles para un ojo entrenado en apreciar sutilezas, lo cual no era el caso de Horacio Fortunato. Si la vidente de su circo hubiera consultado su bola de cristal para profetizarle que se enamoraría al primer vistazo de una aristócrata cuarentona y altanera, se habría reído de buena gana, pero eso mismo le ocurrió al verla avanzar en su dirección como la sombra de alguna antigua emperatriz viuda, en su atavío oscuro y con las luces de todos esos diamantes refulgiendo en su cuello. Patricia pasó por su lado y durante un instante se detuvo ante ese gigante con la servilleta colgada del chaleco y un rastro de salsa en la comisura de la boca. Horacio Fortu-

2 **el escote:** Ausschnitt, Dekolleté.
  castaño/a: (kastanien-)braun.
3 **el moño:** hier: Haarknoten.
4 **el ardor:** Glut, Hitze.
4f. **la hembra:** Weibchen; hier: Frau.
5 **la parranda** (fam.): Vergnügen, Lustbarkeit.
8 **la sutileza:** Feinheit.
9 **la vidente:** Hellseherin.
12 **altanero/a:** stolz, hochmütig.
  de buena gana: herzlich.
15 **el atavío:** Aufmachung.
16 **refulgir:** strahlen, leuchten.
18 **el chaleco:** Weste.
19 **la comisura:** Mundwinkel.

nato alcanzó a percibir su perfume y apreciar su perfil aguileño y se olvidó por completo de la diva, los guardaespaldas, los negocios y todos los propósitos de su vida, y decidió con toda seriedad arrebatarle esa mujer al joyero para amarla de la mejor manera posible. Colocó su silla de medio lado y haciendo caso omiso de sus invitados se dedicó a medir la distancia que le separaba de ella, mientras Patricia Zimmerman se preguntaba si ese desconocido estaría examinando sus joyas con algún designio torcido.

Esa misma noche llegó a la residencia de los Zimmerman un ramo descomunal de orquídeas. Patricia miró la tarjeta, un rectángulo color sepia con un nombre de novela escrito en arabescos dorados. De pésimo gusto, masculló, adivinando al punto que se trataba del tipo engominado del restaurante y ordenó poner el regalo en la calle en la esperanza de que el remitente anduviera rondando la casa y se enterara del paradero de sus flores. Al día siguiente trajeron una caja

---

1 **alcanzar a** (+ inf.): etwas (tun) können (*alcanzar:* erreichen).
1 f. **el perfil aguileño:** Adlerprofil.
4 **arrebatar:** entreißen.
5 **el joyero:** Juwelier.
6 **de medio lado:** seitlich, seitwärts.
6 f. **hacer caso omiso de alg. / a/c.:** jdn./etwas nicht beachten (*omiso/a:* nachlässig).
10 **el designio:** Vorhaben, Absicht.
12 **descomunal:** ungeheuer, riesig.
15 **mascullar:** murmeln.
adivinar: erraten.
al punto: sofort.
16 **engominado/a:** schmierig.
18 f. **el paradero:** Verbleib.

Regalo para una novia 71

de cristal con una sola rosa perfecta, sin tarjeta. El
mayordomo también la colocó en la basura. El resto
de la semana despacharon ramos diversos: un canasto
con flores silvestres en un lecho de lavanda, una pirá-
mide de claveles blancos en copa de plata, una docena de tulipanes negros importados de Holanda y
otras variedades imposibles de encontrar en esta tierra caliente. Todos tuvieron el mismo destino del primero, pero eso no desanimó al galán, cuyo acecho se
tornó tan insoportable que Patricia Zimmerman no
se atrevía a responder al teléfono por temor a escuchar su voz susurrándole indecencias, como le
ocurrió el mismo martes a las dos de la madrugada.
Devolvía sus cartas cerradas. Dejó de salir porque
encontraba a Fortunato en lugares inesperados: observándola desde el palco vecino en la ópera, en la
calle dispuesto a abrirle la puerta del coche antes de
que su chófer alcanzara a esbozar el gesto, materiali-
zándose como una ilusión en un ascensor o en alguna
escalera. Estaba prisionera en su casa, asustada. Ya

2 **el mayordomo:** Hausverwalter, Leibdiener.
3 **despachar:** senden.
  el canasto: Korb.
4 **silvestre:** wild.
  el lecho: Bett.
5 **el clavel:** Nelke.
9 **desanimar:** entmutigen.
  el acecho: Auflauern; hier: Aufdringlichkeit.
11 **atreverse:** sich trauen, es wagen.
12 **susurrar:** säuseln, wispern.
  la indecencia: Unanständigkeit.
16 **el palco:** (Theater-)Loge.
18 **esbozar:** andeuten.

se le pasará, ya se le pasará, se repetía, pero Fortunato no se disipó como un mal sueño, seguía allí, al otro lado de las paredes, resoplando. La mujer pensó llamar a la policía o recurrir a su marido, pero su horror al escándalo se lo impidió. Una mañana estaba atendiendo su correspondencia, cuando el mayordomo le anunció la visita del presidente de la empresa Fortunato e Hijos.

– ¿En mi propia casa, cómo se atreve? – murmuró Patricia con el corazón al galope. Necesitó echar mano de la implacable disciplina adquirida en tantos años de actuar en salones, para disimular el temblor de sus manos y su voz. Por un instante tuvo la tentación de enfrentarse con ese demente de una vez para siempre, pero comprendió que le fallarían las fuerzas, se sentía derrotada antes de verlo.

– Dígale que no estoy. Muéstrele la puerta y avísele a los empleados que ese caballero no es bienvenido en esta casa – ordenó.

Al día siguiente no hubo flores exóticas al desayuno y Patricia pensó, con un suspiro de alivio o de

---

2 **disiparse:** sich auflösen, sich verflüchtigen.
3 **resoplar:** schnauben.
10f. **echar mano de a/c.:** auf etwas zurückgreifen, sich einer Sache bedienen.
11 **implacable:** eisern, unerbittlich.
   adquirir: erwerben.
12 **el temblor:** Beben, Zittern.
13f. **la tentación:** Versuchung.
15 **fallar:** versagen.
16 **derrotado/a:** besiegt, geschlagen.
21 **el suspiro:** Seufzer.
   el alivio: Erleichterung.

despecho, que el hombre había entendido por fin su mensaje. Esa mañana se sintió libre por primera vez en la semana y partió a jugar tenis y al salón de belleza. Regresó a las dos de la tarde con un nuevo corte de pelo y un fuerte dolor de cabeza. Al entrar vio sobre la mesa del vestíbulo un estuche de terciopelo morado con la marca de Zimmerman impresa en letras de oro. Lo abrió algo distraída, imaginando que su marido lo había dejado allí, y encontró un collar de esmeraldas acompañado de una de esas rebuscadas tarjetas de color sepia, que había aprendido a conocer y a detestar. El dolor de cabeza se le transformó en pánico. Ese aventurero parecía dispuesto a arruinarle la existencia, no sólo le compraba a su propio marido una joya imposible de disimular, sino que además se la enviaba con todo desparpajo a su casa. Esta vez no era posible echar el regalo a la basura como las rumas de flores recibidas hasta entonces. Con el estuche apretado contra el pecho se encerró en su escritorio. Media hora más tarde llamó al chófer y lo mandó a entregar un paquete a la misma dirección donde había devuelto varias cartas. Al desprenderse de la joya

1 **el despecho:** Verzweiflung, Zorn.
6 **el estuche:** Etui, Futteral.
   el terciopelo: Samt.
7 **morado/a:** dunkelviolett.
9f. **el collar de esmeraldas:** Smaragdhalsband.
10 **rebuscado/a:** gekünstelt; hier (fig.): schwülstig.
12 **detestar:** hassen.
16 **el desparpajo:** Unverfrorenheit.
17f. **rumas de ...** (Am.): Berge von ...
22 **desprenderse de:** sich freimachen von.

no sintió alivio alguno, por el contrario, tenía la impresión de hundirse en un pantano.

Pero para esa fecha también Horacio Fortunato caminaba por un lodazal, sin avanzar ni un paso, dando vueltas a tientas. Nunca había necesitado tanto tiempo y dinero para cortejar a una mujer, aunque también era cierto, admitía, que hasta entonces todas eran diferentes a ésta. Se sentía ridículo por primera vez en su vida de saltimbanqui, no podía continuar así por mucho tiempo, su salud de toro empezaba a resentirse, dormía a sacudones, se le acababa el aire en el pecho, el corazón se le atolondraba, sentía fuego en el estómago y campanas en las sienes. Sus negocios también sufrían el impacto de su mal de amor, tomaba decisiones precipitadas y perdía dinero. Carajo, ya no sé quién soy ni dónde estoy parado, maldita sea, refunfuñaba sudando, pero ni por un momento consideró la posibilidad de abandonar la cacería.

2 **hundirse:** versinken.
4 **el lodazal:** Morast.
4f. **dar vueltas a tientas** (loc.): im Dunkeln tappen (*la tienta:* Sonde).
6 **cortejar a alg.:** jdm. den Hof machen.
9 **el saltimbanqui:** Gaukler; (fam.): Luftikus.
10f. **resentirse:** die Nachwirkungen spüren.
11 **dormir a sacudones** (fig.): unruhig schlafen (*el sacudón:* starke Erschütterung, Schlag [-*on* ist verstärkende Endsilbe]).
12 **atolondrarse:** verwirrt sein; hier (fig.) aus dem Takt geraten.
13 **la sien:** Schläfe.
15 **precipitado/a:** hastig, übereilt.
carajo (fam.): zum Teufel! (*el carajo*, Am., vulg.: männliches Glied, ‚Schwanz').
17 **refunfuñar:** brummeln, murren.
18 **la cacería** (Am.): Jagd.

Regalo para una novia 75

Con el estuche morado de nuevo en sus manos, abatido en un sillón del hotel donde se hospedaba, Fortunato se acordó de su abuelo. Rara vez pensaba en su padre, pero a menudo volvía a su memoria ese abuelo formidable que a los noventa y tantos años todavía cultivaba sus hortalizas. Tomó el teléfono y pidió una comunicación de larga distancia.

El viejo Fortunato estaba casi sordo y tampoco podía asimilar el mecanismo de ese aparato endemoniado que le traía voces desde el otro extremo del planeta, pero la mucha edad no le había quitado la lucidez. Escuchó lo mejor que pudo el triste relato de su nieto, sin interrumpirlo hasta el final.

– De modo que esa zorra se está dando el lujo de burlarse de mi muchacho, ¿eh?

– Ni siquiera me mira, Nono. Es rica, bella, noble, tiene todo.

– Ajá ... y también tiene marido.

– También, pero eso es lo de menos. ¡Si al menos me dejara hablarle!

– ¿Hablarle? ¿Y para qué? No hay nada que decirle a una mujer como ésa, hijo.

---

2 **abatido/a:** niedergeschlagen.
   hospedarse: absteigen, übernachten.
3 **rara vez:** selten.
6 **la hortaliza:** Gemüse, Grünzeug.
9 **asimilar:** angleichen; hier: begreifen.
9f. **endemoniado/a:** teuflisch.
11 **la lucidez:** Klarheit des Verstandes.
14 **la zorra:** Füchsin, hier etwa (fig.): gerissene Person.
   darse el lujo (fig.): sich etwas herausnehmen (*el lujo:* Luxus).
16 **nono:** Opa (italienischer Kosename für Großvater).

– Le regalé un collar de reina y me lo devolvió sin una sola palabra.
– Dale algo que no tenga.
– ¿Qué, por ejemplo?
– Un buen motivo para reírse, eso nunca falla con las mujeres – y el abuelo se quedó dormido con el auricular en la mano, soñando con las doncellas que lo amaron cuando realizaba acrobacias mortales en el trapecio y bailaba con su mona.

Al día siguiente el joyero Zimmerman recibió en su oficina a una espléndida joven, manicurista de profesión, según explicó, que venía a ofrecerle por la mitad de precio el mismo collar de esmeraldas que él había vendido cuarenta y ocho horas antes. El joyero recordaba muy bien al comprador, imposible olvidarlo, un patán presumido.

– Necesito una joya capaz de tumbarle las defensas a una dama arrogante – había dicho.

Zimmerman le pasó revista en un segundo y decidió que debía ser uno de esos nuevos ricos del petróleo o la cocaína. No tenía humor para vulgaridades, estaba habituado a otra clase de gente. Rara vez atendía él mismo a los clientes, pero ese hombre había insistido en hablar con él y parecía dispuesto a gastar sin vacilaciones.

6f. **el auricular:** Hörer.
7 **la doncella:** Jungfrau, Fräulein.
16 **el patán** (fam.): Bauer, Grobian.
   presumido/a: anmaßend, wichtigtuerisch.
17 **tumbar:** einreißen, umwerfen.
22 **estar habituado a a/c.:** an etwas gewöhnt sein.
25 **la vacilación:** Zaudern.

Regalo para una novia 77

– ¿Qué me recomienda usted? – había preguntado ante la bandeja donde brillaban sus más valiosas prendas.

– Depende de la señora. Los rubíes y las perlas lucen bien sobre la piel morena, las esmeraldas sobre piel más clara, los diamantes son perfectos siempre.

– Tiene demasiados diamantes. Su marido se los regala como si fueran caramelos.

Zimmerman tosió. Le repugnaba esa clase de confidencias. El hombre tomó el collar, lo levantó hacia la luz sin ningún respeto, lo agitó como un cascabel y el aire se llenó de tintineos y de chispas verdes, mientras la úlcera del joyero daba un respingo.

– ¿Cree que las esmeraldas traen buena suerte?

– Supongo que todas las piedras preciosas cumplen ese requisito, señor, pero no soy supersticioso.

– Ésta es una mujer muy especial. No puedo equivocarme con el regalo, ¿comprende?

– Perfectamente.

Pero por lo visto eso fue lo que ocurrió, se dijo Zimmerman sin poder evitar una sonrisa sarcástica, cuando esa muchacha le llevó de vuelta el collar. No,

---

2 **la bandeja:** Tablett.
4f. **lucir:** leuchten; hier (fig.): zur Geltung kommen.
9 **repugnar:** abstoßen.
9f. **la confidencia:** Vertraulichkeit.
11 **el cascabel:** Glöckchen, Schelle.
12 **el tintineo:** Geklingel.
  la chispa: Funke.
13 **dar un respingo** (fig.): etwa: einen Stich geben (*el respingo:* Ruck, Auffahren).
16 **supersticioso/a:** abergläubisch.

Regalo para una novia

no había nada malo en la joya, era ella la que constituía un error. Había imaginado una mujer más refinada, en ningún caso una manicurista con esa cartera de plástico y esa blusa ordinaria, pero la muchacha lo intrigaba, había algo vulnerable y patético en ella, pobrecita, no tendrá un buen final en manos de ese bandolero, pensó.

– Es mejor que me lo diga todo, hija – dijo Zimmerman, finalmente.

La joven le soltó el cuento que había memorizado y una hora después salió de la oficina con paso ligero. Tal como lo había planeado desde un comienzo, el joyero no sólo había comprado el collar, sino que además la había invitado a cenar. Le resultó fácil darse cuenta de que Zimmerman era uno de esos hombres astutos y desconfiados para los negocios, pero ingenuo para todo lo demás y que sería sencillo mantenerlo distraído por el tiempo que Horacio Fortunato necesitara y estuviera dispuesto a pagar.

Ésa fue una noche memorable para Zimmerman, quien había contado con una cena y se encontró viviendo una pasión inesperada. Al día siguiente volvió a ver a su nueva amiga y hacia el fin de semana le anunció tartamudeando a Patricia que partía por

---

4f. **intrigar**: Ränke schmieden; hier: neugierig machen.
5 **vulnerable**: verwundbar.
 patético/a: hier: Mitleid erregend.
6f. **el bandolero**: Straßenräuber; hier (fig.): Tunichtgut, Taugenichts.
10 **soltar**: loslassen; hier (fam.): von sich geben, vom Stapel lassen.
16 **astuto/a**: klug, schlau.
25 **tartarmudear**: stottern.

Regalo para una novia 79

unos días a Nueva York a una subasta de alhajas rusas, salvadas de la masacre de Ekaterimburgo. Su mujer no le prestó atención.

Sola en su casa, sin ánimo para salir y con ese dolor de
cabeza que iba y venía sin darle descanso, Patricia decidió dedicar el sábado a recuperar fuerzas. Se instaló en la terraza a hojear unas revistas de moda. No había llovido en toda la semana y el aire estaba seco y denso. Leyó un rato hasta que el sol comenzó a adormecerla,
el cuerpo le pesaba, se le cerraban los ojos y la revista cayó de sus manos. En eso le llegó un rumor desde el fondo del jardín y pensó en el jardinero, un tipo testarudo, quien en menos de un año había transformado su propiedad en una jungla tropical, arrancando sus
macizos de crisantemos para dar paso a una vegetación desbordada. Abrió los ojos, miró distraída contra el sol y notó que algo de tamaño desusado se movía en la

---

1 **la subasta:** Versteigerung.
 la alhaja: Juwel.
2 **la masacre de Ekaterimburgo:** das Massaker von Jekaterinburg (bei dem 1918 die russische Zarenfamilie von den Bolschewiki ermordet wurde).
4 **el ánimo:** Geist, Gemüt; hier (seelische) Verfassung.
6 **recuperar fuerzas:** wieder zu Kräften kommen.
7 **hojear:** (durch)blättern.
9 **el rato:** Weile.
 adormecer: einschläfern.
11 **el rumor:** Geräusch; hier: Rauschen, Flüstern.
12f. **testarudo/a:** eigensinnig.
15 **el macizo:** Beet.
16 **desbordado/a:** überflutet; hier (fig.): unkontrollierbar, überquellend.
17 **desusado/a:** ungewohnt.

copa del aguacate. Se quitó los lentes oscuros y se incorporó. No había duda, una sombra se agitaba allá arriba y no era parte del follaje.

Patricia Zimmerman dejó el sillón y avanzó un par de pasos, entonces pudo ver con nitidez a un fantasma vestido de azul con una capa dorada que pasó volando a varios metros de altura, dio una voltereta en el aire y por un instante pareció detenerse en el gesto de saludarla desde el cielo. Ella sofocó un grito, segura de que la aparición caería como una piedra y se desintegraría al tocar tierra, pero la capa se infló y aquel coleóptero radiante estiró los brazos y se aferró a un níspero vecino. De inmediato surgió otra figura azul colgada de las piernas en la copa del otro árbol, columpiando por las muñecas a una niña coronada de flores. El primer trapecista hizo una señal y el segundo le lanzó a la criatura, quien alcanzó a soltar una lluvia de mariposas de papel antes de verse cogida por los tobi-

1 **la copa (de un árbol):** Baumkrone.
 el aguacate: Avokadobaum.
1f. **incorpararse:** sich aufrichten.
3 **el follaje:** Laubwerk.
5 **la nitidez:** (optische) Schärfe.
6 **la capa:** Umhang.
7 **la voltereta:** Purzelbaum.
9 **sofocar:** ersticken, unterdrücken.
10 **la aparición:** Erscheinung.
11 **inflarse:** sich aufblähen.
11f. **el coleóptero:** Koleopter (Käfer); hier (fig.): Flügelwesen.
12 **radiante:** strahlend, funkelnd.
 aferrar: festhalten.
12f. **el níspero:** Mispel.
14f. **columpiar:** schaukeln.
15 **la muñeca:** Handgelenk.

llos. Patricia no atinó a moverse mientras en las alturas volaban esos silenciosos pájaros con capas de oro.

De pronto un alarido llenó el jardín, un grito largo y bárbaro que distrajo a Patricia de los trapecistas. Vio caer una gruesa cuerda por una pared lateral de la propiedad y por allí descendió Tarzán en persona, el mismo de la matiné en el cinematógrafo y de las historietas de su infancia, con su mísero taparrabo de piel de tigre y un mono auténtico sentado en su cadera, abrazándolo por la cintura. El Rey de la Selva aterrizó con gracia, se golpeó el pecho con los puños y repitió el bramido visceral, atrayendo a todos los empleados de la casa, que se precipitaron a la terraza. Patricia les ordenó con un gesto que se quedaran quietos, mientras la voz de Tarzán se apagaba para dar paso a un lúgubre redoble de tambores anunciando a una comitiva de cuatro egipcias que avanzaban de medio lado, cabeza y pies torcidos, seguidos por un jorobado con capucha a rayas, quien arrastraba una pantera negra al extremo de una cadena. Luego aparecieron dos monjes cargando un sarcófago y más atrás un ángel de largos cabellos áureos y cerrando el

---

1 **no atinar a** (+ inf.): es nicht schaffen zu tun.
3 **el alarido:** Geheul, Geschrei.
8 **mísero/a:** elend; hier: spärlich.
 el taparrabo: Lendenschurz.
9f. **la cadera:** Hüfte.
12 **el bramido visceral:** inbrünstiger Schrei.
16 **lúgubre:** unheilvoll.
 el redoble: Trommelwirbel.
19 **el jorobado:** Buckliger.
22 **áureo/a:** golden.

cortejo un indio disfrazado de japonés, en bata de levantarse y encaramado en patines de madera. Todos se detuvieron detrás de la piscina. Los monjes depositaron el ataúd sobre el césped, y mientras las vestales canturreaban en alguna lengua muerta y el Ángel y Kuramoto lucían sus prodigiosas musculaturas, se levantó la tapa del sarcófago y un ser de pesadilla emergió del interior. Cuando estuvo de pie, con todos sus vendajes a la vista, fue evidente que se trataba de una momia en perfecto estado de salud. En ese momento Tarzán lanzó otro aullido y sin que mediara ninguna provocación se puso a dar saltos alrededor de los egipcios y a sacudir al simio. La Momia perdió su paciencia milenaria, levantó un brazo y lo dejó caer como un garrotazo en la nuca del salvaje, dejándolo inerte con la cara enterrada en el pasto. La mona trepó chillando a un árbol. Antes de que el faraón embalsamado liquidara a Tarzán con un segundo golpe, éste se puso de pie y se le fue encima rugiendo. Ambos rodaron anudados en una posición inverosímil, hasta que se soltó la pantera y entonces todos corrieron a buscar refugio entre las plantas y los empleados de la casa volaron a meterse en la cocina. Patricia estaba a punto de lanzarse a la pileta, cuando apareció por encantamiento un individuo de frac y sombrero de copa, que de un sonoro latigazo detuvo en seco al felino y lo dejó en el suelo ronroneando como un gato con las cuatro patas en el aire, lo cual permitió al jorobado recuperar la cadena, mientras el otro se quitaba el sombrero y extraía de su interior una torta de merengue, que trajo hasta la terraza y depositó a los pies de la dueña de casa.

Por el fondo del jardín aparecieron los demás de la comparsa: los músicos de la banda tocando marchas militares, los payasos zurrándose bofetones, los ena-

---

1 **trepar:** klettern.
chillar: schreien, kreischen.
2 **embalsamado/a:** einbalsamiert.
3 **rugir:** brüllen.
4 **anudado/a:** verkeilt, verknotet.
4 f. **inverosímil:** unwahrscheinlich.
6 **el refugio:** Zuflucht.
9 **el encantamiento:** Zauber, Zauberei.
10 f. **detener en seco** (fam., fig.): innehalten lassen, erstarren lassen.
11 **el felino:** Katze.
ronronear: schnurren.
15 **la torta de merengue:** Baisertorte.
19 **zurrar:** prügeln; hier (fig.): austeilen.
el bofetón: (kräftige) Ohrfeige.

nos de las Cortes Medievales, la equitadora de pie sobre su caballo, la mujer barbuda, los perros en bicicleta, el avestruz vestido de colombina y por último una fila de boxeadores con sus calzones de satén y sus guantes de reglamento, empujando una plataforma con ruedas coronada por un arco de cartón pintado. Y allí, sobre ese estrado de emperador de utilería, iba Horacio Fortunato con su melena aplastada con brillantina, su irrevocable sonrisa de galán, orondo bajo su pórtico triunfal, rodeado por su circo inaudito, aclamado por las trompetas y los platillos de su propia orquesta, el hombre más soberbio, más enamorado y más divertido del mundo. Patricia lanzó una carcajada y le salió al encuentro.

---

1 **la corte medieval:** mittelalterlicher Königshof.
3 **el avestruz:** Strauß.
   la colombina: Kolombine (weibliche Hauptfigur der Commedia dell'arte).
4 **el calzón de satén:** hier: seidene Boxershorts (*el calzón:* [Unter-] Hose).
5 **de reglamento:** vorgeschrieben (*el reglamento:* Verordnung).
7 **la utilería** (Am.): Requisitenkammer.
8 **aplastar:** platt drücken.
8f. **la brillantina:** Pomade.
9 **irrevocable:** unwiderruflich, unverrückbar.
   orondo/a: stolz, aufgeblasen.
10 **el pórtico:** Säulengang.
   inaudito/a: nie dagewesen.
11 **aclamar:** zujubeln, bejubeln.
   el platillo: Becken (Musikinstrument).
12 **soberbio/a:** stolz, prächtig.
14 **la carcajada:** schallendes Lachen.

El palacio imaginado

Cinco siglos atrás, cuando los bravos forajidos de España, con sus caballos agotados y las armaduras calientes como brasas por el sol de América, pisaron las tierras de Quinaroa, ya los indios llevaban varios miles de años naciendo y muriendo en el mismo lugar. Los conquistadores anunciaron con heraldos y banderas el descubrimiento de ese nuevo territorio, lo declararon propiedad de un emperador remoto, plantaron la primera cruz y lo bautizaron San Jerónimo, nombre impronunciable en la lengua de los nativos. Los indios observaron esas arrogantes ceremonias un poco sorprendidos, pero ya les habían llegado noticias sobre aquellos barbudos guerreros que recorrían el mundo con su sonajera de hierros y de pólvora, habían oído que a su paso sembraban lamentos y que ningún pueblo conocido había sido capaz de hacerles frente, todos los ejércitos sucumbían ante ese puñado de centauros. Ellos eran una tribu antigua, tan pobre que ni el más emplumado monarca se molestaba en exigirles impuestos, y tan mansos que tampoco los reclutaban para la guerra. Habían existido en paz desde los albores del tiempo y no estaban dispuestos a cambiar sus hábitos a causa de unos rudos extranjeros. Pronto, sin embargo, percibieron el tamaño del enemigo y comprendieron la inutilidad de ignorarlos, porque su presencia resultaba agobiante, como una gran piedra cargada a la espalda. En los años siguientes, los indios que no murieron en la esclavitud o bajo los diversos suplicios destinados a implantar otros dioses, o víctimas de enfermedades desconocidas, se dispersaron selva adentro y poco a poco perdieron hasta el nombre de su pueblo. Siempre ocultos, como sombras entre el follaje, se mantuvieron por siglos hablando en susurros y movilizándose de noche. Llegaron a ser tan diestros en el arte del

1 **sucumbir:** unterliegen.
  el puñado: Handvoll.
3 **emplumado/a:** mit Federn geschmückt.
4 **manso/a:** sanft, zahm.
5 **reclutar:** rekrutieren.
6 **el albor:** Anbeginn.
7 **el hábito:** Gewohnheit.
  rudo/a: roh, rüde.
10 **agobiante:** erdrückend.
13 **el suplicio:** Folter.
15 **dispersarse:** sich zerstreuen, auseinander laufen.
17 **el follaje:** Laubwerk.
18 **el susurro:** Wispern.
19 **diestro/a:** gewandt.

disimulo, que no los registró la historia y hoy día no hay pruebas de su paso por la vida. Los libros no los mencionan, pero los campesinos de la región dicen que los han escuchado en el bosque y cada vez que empieza a crecerle la barriga a una joven soltera y no pueden señalar al seductor, le atribuyen el niño al espíritu de un indio concupiscente. La gente del lugar se enorgullece de llevar algunas gotas de sangre de aquellos seres invisibles, en medio del torrente mezclado de pirata inglés, de soldado español, de esclavo africano, de aventurero en busca de El Dorado y después de cuanto inmigrante atinó a llegar por esos lados con su alforja al hombro y la cabeza llena de ilusiones.

Europa consumía más café, cacao y bananas de lo que podíamos producir, pero toda esa demanda no nos trajo bonanza, seguimos siendo tan pobres como siempre. La situación dio un vuelco cuando un negro de la costa clavó un pico en el suelo para hacer un pozo y le saltó un chorro de petróleo a la cara. Hacia el final de la Primera Guerra Mundial se había propagado la idea de que éste era un país próspero, aunque

1 **el disimulo:** Verschleierung.
5 **la barriga:** Bauch, Leib.
7 **concupiscente:** lüstern.
8 **enorgullecerse de:** stolz sein auf.
9 **el torrente:** Sturzbach; (fig.): Strom.
12 **atinar a hacer a/c.:** etwas schaffen, etwas richtig machen können.
13 **la alforja:** Satteltasche, (Reise-)Sack.
17 **la bonanza:** ruhiges Wetter; hier (fig.): Wohlstand.
18 **el vuelco:** Überschlag; hier (fig.): Umschwung.
20 **el chorro:** Strahl.

casi todos sus habitantes todavía arrastraban los pies en el barro. En verdad el oro sólo llenaba las arcas del Benefactor y de su séquito, pero cabía la esperanza de que algún día rebasaría algo para el pueblo. Se cumplían dos décadas de democracia totalitaria, como llamaba el Presidente Vitalicio a su gobierno, durante los cuales todo asomo de subversión había sido aplastado, para su mayor gloria. En la capital se veían síntomas de progreso, coches a motor, cinematógrafos, heladerías, un hipódromo y un teatro donde se presentaban espectáculos traídos de Nueva York o de París. Cada día atracaban en el puerto decenas de barcos que se llevaban el petróleo y otros que traían novedades, pero el resto del territorio continuaba sumido en una modorra de siglos.

Un día la gente de San Jerónimo despertó de la siesta con los tremendos martillazos que presidieron la llegada del ferrocarril. Los rieles unirían la capital con ese villorrio, escogido por El Benefactor para

1 **arrastrar:** schleifen, schleppen.
2 **la arca:** Truhe, Geldschrank.
3 **el benefactor** (Am.): Wohltäter; hier (fig.): Diktator.
   el séquito: Gefolge.
3f. **cabe la esperanza:** Hoffnung macht sich breit.
4 **rebasar:** überschreiten; (fig.): abfallen.
7 **el asomo:** Anzeichen.
7f. **aplastar:** unterdrücken, platt drücken.
12 **atracar:** (Schiff) anlegen.
14f. **sumir:** versenken, untertauchen.
15 **la modorra:** Schläfrigkeit.
18 **el riel:** Schiene.
19 **el villorio** (fam.): elendes Nest, Kaff.
   escoger: auswählen, aussuchen.

construir su Palacio de Verano, al estilo de los monarcas europeos, a pesar de que nadie sabía distinguir el verano del invierno, todo el año transcurría en la húmeda y quemante respiración de la naturaleza. La única razón para levantar allí aquella obra monumental era que un naturalista belga afirmó que si el mito del Paraíso terrenal tenía algún fundamento, debió hallarse en ese lugar, donde el paisaje era de una belleza portentosa. Según sus observaciones el bosque albergaba más de mil variedades de pájaros multicolores y toda suerte de orquídeas silvestres, desde las *Brassias*, tan grandes como un sombrero, hasta las diminutas *Pleurothallis*, visibles sólo bajo una lupa.

La idea del palacio partió de unos constructores italianos, quienes se presentaron ante Su Exelencia con los planos de una abigarrada villa de mármol, un laberinto de innumerables columnas, anchos corredores, escaleras curvas, arcos, bóvedas y capiteles, salones, cocinas, dormitorios y más de treinta baños decorados con llaves de oro y plata. El ferrocarril era la primera etapa de la obra, indispensable para transportar hasta ese apartado rincón del mapa las tonela-

3 **transcurrir:** verstreichen, vergehen.
6 **el naturalista** (pl. *los naturalistas*): Naturforscher.
7 **el Paraíso terrenal:** das Paradies auf Erden.
9 **portentoso/a:** wundervoll.
11 **silvestre:** wild.
16 **abigarrado/a:** bunt; hier (fig.): kunstvoll.
18 **la bóveda:** Kuppel.
   el capitel: hier: Turmspitze.
20 **la llave:** Schlüssel; hier: Wasserhahn.
22 **apartado/a:** abgelegen, entfernt.

das de materiales y los cientos de obreros, más los capataces y artesanos traídos de Italia. La faena de levantar aquel rompecabezas duró cuatro años, alteró la flora y la fauna y tuvo un costo tan elevado como todos los barcos de guerra de la flota nacional, pero se pagó puntualmente con el oscuro aceite de la tierra, y el día del aniversario de la Gloriosa Toma del Poder cortaron la cinta que inauguraba el Palacio de Verano. Para esa ocasión la locomotora del tren fue decorada con los colores de la bandera y los vagones de carga fueron reemplazados por coches de pasajeros forrados en felpa y cuero inglés, donde viajaron los invitados en traje de gala, incluyendo algunos miembros de la más antigua aristocracia, que si bien detestaban a ese andino desalmado que había usurpado el gobierno, no osaron rechazar su invitación.

El Benefactor era hombre tosco, de costumbres campesinas, se bañaba en agua fría, dormía sobre un petate en el suelo con su pistolón al alcance de la

1 f. **el capataz:** Vorarbeiter.
2 **la faena:** (körperliche) Arbeit; hier (fig.): Plackerei.
3 **el rompecabezas:** Geduldsspiel, Puzzle.
   alterar: verändern, verderben.
7 f. **la toma del poder:** Machtergreifung.
11 **reemplazar:** ersetzen, austauschen.
12 **forrado/a:** verkleidet, ausgeschlagen.
   la felpa: Plüsch.
15 **detestar:** verabscheuen, hassen.
   desalmado/a: gewissenlos.
15 f. **usurpar:** an sich reißen, usurpieren.
16 **osar:** wagen.
17 **tosco/a:** grob, roh.
19 **el petate** (Am.): Palmblattmatte.

mano y las botas puestas, se alimentaba de carne asada y maíz, sólo bebía agua y café. Su único lujo eran los cigarros de tabaco negro, todos los demás le parecían vicios de degenerados o maricones, incluyendo el alcohol, que miraba con malos ojos y rara vez ofrecía en su mesa. Sin embargo, con el tiempo tuvo que aceptar algunos refinamientos a su alrededor, porque comprendió la necesidad de impresionar a los diplomáticos y otros eminentes visitantes, no fueran ellos a darle en el extranjero fama de bárbaro. No tenía una esposa que influyera en su comportamiento espartano. Consideraba el amor como una debilidad peligrosa, estaba convencido de que todas las mujeres, excepto su propia madre, eran potencialmente perversas y lo más prudente era mantenerlas a cierta distancia. Decía que un hombre dormido en un abrazo amoroso resultaba tan vulnerable como un sietemesino, por lo mismo exigía que sus generales habitaran en los cuarteles, limitando su vida familiar a visitas esporádicas. Ninguna mujer había pasado una noche completa en su cama ni podía vanagloriarse de algo más que de un encuentro apresurado, ninguna le dejó

2 **el lujo:** Luxus.
4 **el vicio:** Laster.
   el maricon: Homosexueller.
7 **el refinamiento:** Raffinesse.
9 **eminente:** hervorragend; hier (fig.): ausgewählt.
11 **influir:** beeinflussen.
11f. **espartano/a:** spartanisch.
17 **vulnerable:** verwundbar.
17f. **el sietemesino:** Siebenmonatskind.
21 **vanagloriarse:** sich brüsten.
22 **apresurado/a:** hastig.

huellas perdurables hasta que Marcia Lieberman apareció en su destino.

La fiesta de inauguración del Palacio de Verano fue un acontecimiento en los anales del gobierno del Benefactor. Durante dos días y sus noches las orquestas se turnaron para tocar los ritmos de moda y los cocineros prepararon un banquete inacabable. Las mulatas más bellas del Caribe, ataviadas con espléndidos vestidos fabricados para la ocasión, bailaron en los salones con militares que jamás habían participado en batalla alguna, pero tenían el pecho cubierto de medallas. Hubo toda clase de diversiones: cantantes traídos de La Habana y Nueva Orleáns, bailadoras de flamenco, magos, juglares y trapecistas, partidas de naipes y dominó y hasta una cacería de conejos, que los sirvientes sacaron de sus jaulas para echarlos a correr, y que los huéspedes perseguían con galgos de raza, todo lo cual culminó cuando un gracioso mató a escopetazos los cisnes de cuello negro de la laguna. Algu-

---

1 **las huellas perdurables:** bleibende Spuren.
6 **turnarse:** sich abwechseln.
7 **inacabable:** unendlich; hier: unerschöpflich.
8 **ataviado/a:** geschmückt.
11 **la batalla:** Schlacht.
14 **el mago:** Zauberer.
 el juglar: Gaukler.
14 f. **los naipes:** Spielkarten.
15 **la cacería** (Am.): Jagd.
16 **la jaula:** Käfig.
17 **el galgo:** Windhund.
18 **culminar:** gipfeln.
18 f. **el escopetazo:** Gewehrschuss.
19 **el cisne:** Schwan.

nos invitados cayeron rendidos sobre los muebles, borrachos de cumbias y licor, mientras otros se lanzaron vestidos a la piscina o se dispersaron en parejas por las habitaciones. El Benefactor no quiso conocer los detalles. Después de dar la bienvenida a sus huéspedes con un breve discurso e iniciar el baile del brazo de la dama de mayor jerarquía, había regresado a la capital sin despedirse de nadie. Las fiestas lo ponían de mal humor. Al tercer día el tren hizo el viaje de vuelta llevándose a los comensales extenuados. El Palacio de Verano quedó en estado calamitoso, los baños parecían muladares, las cortinas chorreadas de orines, los muebles despanzurrados y las plantas agónicas en sus maceteros. Los empleados necesitaron una semana para limpiar los restos de aquel huracán.

El Palacio no volvió a ser escenario de bacanales. De tarde en tarde El Benefactor se hacía conducir allí para alejarse de las presiones de su cargo, pero su descanso no duraba más de tres o cuatro días por temor a que en su ausencia creciera la conspiración. El

Gobierno requería de su permanente vigilancia para que el poder no se le escurriera entre las manos. En el enorme edificio sólo quedó el personal encargado de su manutención. Cuando terminó el estrépito de las máquinas de la construcción y del paso del tren, y cuando se acalló el eco de la fiesta inaugural, el paisaje recuperó la calma y de nuevo florecieron las orquídeas y anidaron los pájaros. Los habitantes de San Jerónimo retomaron sus quehaceres habituales y casi lograron olvidar la presencia del Palacio de Verano. Entonces, lentamente, volvieron los indios invisibles a ocupar su territorio.

Las primeras señales fueron tan discretas que nadie les prestó atención: pasos y murmullos, siluetas fugaces entre las columnas, la huella de una mano sobre la clara superficie de una mesa. Poco a poco comenzó a desaparecer la comida de las cocinas y las botellas de las bodegas, por las mañanas algunas camas aparecían revueltas. Los empleados se culpaban unos a otros, pero se abstuvieron de levantar la voz, porque a nadie le convenía que el oficial de guardia tomara el

---

2 **escurrirse entre las manos:** entgleiten (*escurrir:* tropfen).
4 **la manutención:** Unterhalt.
  el estrépito: Getöse.
6 **acallarse:** sich beruhigen.
8 **anidar:** nisten.
9 **los quehaceres** (pl.): Beschäftigung.
14 **el murmullo:** Gemurmel.
14f. **fugaz:** flüchtig.
17 **desaparecer:** verschwinden.
19 **revuelto/a:** (um)gerührt; hier: zerwühlt.
20 **abstenerse de:** verzichten auf.
20f. **convenirle a alg.:** jdm. recht sein, jdm. passen.

El palacio imaginado 95

asunto en sus manos. Era imposible vigilar toda la extensión de esa casa, mientras revisaban un cuarto, en el de al lado se oían suspiros, pero cuando abrían la puerta sólo encontraban las cortinas temblorosas, como si alguien acabara de pasar a través de ellas. Se corrió el rumor de que el Palacio estaba embrujado y pronto el miedo alcanzó también a los soldados, que dejaron de hacer rondas nocturnas y se limitaron a permanecer inmóviles en sus puestos, oteando el paisaje, aferrados a sus armas. Asustados, los sirvientes ya no bajaron a los sótanos y por precaución cerraron varios aposentos con llave. Ocupaban la cocina y dormían en un ala del edificio. El resto de la mansión quedó sin vigilancia, en posesión de esos indios incorpóreos, que habían dividido los cuartos con líneas ilusorias y se habían establecido allí como espíritus traviesos. Habían resistido el paso de la historia, adaptándose a los cambios cuando fue inevitable y ocultándose en una dimensión propia cuando fue necesario. En las habitaciones del Palacio encontraron refugio, allí se amaban sin ruido, nacían sin celebraciones y morían sin lágrimas.

3 **el suspiro:** Seufzer.
4 **tembloroso/a:** zittrig; hier: flatternd.
6 **el rumor:** Gerücht.
6f. **embrujado/a:** verhext.
7 **alcanzar:** einholen, erreichen.
9 **otear:** absuchen.
10 **aferrado/a a:** geklammert an.
12 **el aposento:** Gemach.
14 **la vigilancia:** Überwachung, Aufsicht.
15 **incorpóreo/a:** unkörperlich, körperlos.
17 **travieso/a:** unartig, mutwillig.

Aprendieron tan bien todos los vericuetos de ese dédalo de mármol, que podían existir sin inconvenientes en el mismo espacio con los guardias y el personal de servicio sin rozarse jamás, como si pertenecieran a otro tiempo.

El embajador Lieberman desembarcó en el puerto con su esposa y un cargamento de bártulos. Viajaba con sus perros, con todos sus muebles, su biblioteca, su colección de discos de ópera y toda clase de implementos deportivos, incluyendo un bote a vela. Desde que le anunciaron su nueva destinación comenzó a detestar aquel país. Dejaba su puesto de ministro consejero en Viena, impulsado por la ambición de ascender a embajador, aunque fuera en Sudamérica, una tierra estrafalaria que no le inspiraba ni la menor simpatía. En cambio Marcia, su mujer, tomó el asunto con mejor humor. Estaba dispuesta a seguir a su marido en su peregrinaje diplomático, a pesar de que cada día se sentía más alejada de él y de que los asuntos mundanos le interesaban muy poco, porque a su

---

1 **los vericuetos** (pl.): verschlungene Wege.
2 **el dédalo:** Irrgarten.
2f. **el inconveniente:** Nachteil; hier (fig.): Schwierigkeit.
4 **rozarse:** sich berühren, einander streifen.
6 **desembarcar:** an Land gehen, von Bord gehen.
7 **los bártulos** (pl., fig.): Siebensachen, Krimskrams.
9f. **los implementos** (pl., Am.): Gerät, Zubehör.
10 **el bote a vela:** Segelboot.
12f. **el ministro consejero:** Ministerialdirektor.
13 **impulsado/a por:** angetrieben von.
15 **estrafalario/a:** sonderbar, skurril.
18 **el peregrinaje:** Pilgerfahrt.

lado disponía de una gran libertad. Bastaba cumplir con ciertos requisitos mínimos de una esposa y el resto del tiempo le pertenecía. En verdad su marido, demasiado ocupado en su trabajo y sus deportes, apenas se daba cuenta de su existencia, sólo la notaba cuando estaba ausente. Para Lieberman su mujer era un complemento indispensable en su carrera, le daba brillo en la vida social y manejaba con eficiencia su complicado tren doméstico. La consideraba una socia leal, pero hasta entonces no había tenido ni la menor inquietud por conocer su sensibilidad. Marcia consultó mapas y una enciclopedia para averiguar pormenores sobre esa lejana nación y comenzó a estudiar español. Durante las dos semanas de travesía por el Atlántico leyó los libros del naturalista belga y antes de conocerla ya estaba enamorada de esa caliente geografía. Era de temperamento retraído, se sentía más feliz cultivando su jardín que en los salones donde debía acompañar a su marido, y dedujo que en ese país estaría más libre de las exigencias sociales y podría dedicarse a leer, a pintar y a descubrir la naturaleza.

La primera medida de Lieberman fue instalar ventiladores en todos los cuartos de su residencia. En seguida presentó credenciales a las autoridades del

---

1 **cumplir:** erfüllen.
2 **el requisito:** Erfordernis.
9 **el tren doméstico:** hier (fig.): Haushalt.
10f. **la inquietud:** hier (Am.): Interesse.
12 **los pormenores** (pl.): Einzelheiten.
17 **retraído/a:** zurückhaltend.
19 **deducir:** ableiten; hier: schließen, folgern.
24 **la credencial:** Beglaubigungsschreiben.

gobierno. Cuando El Benefactor lo recibió en su despacho, la pareja había pasado sólo unos días en la ciudad, pero ya el chisme de que la esposa del embajador era muy bella había llegado a oídos del caudillo. Por protocolo los invitó a una cena, a pesar de que el aire arrogante y la charlatanería del diplomático le resultaron insoportables. En la noche señalada Marcia Lieberman entró en el Salón de Recepciones del brazo de su marido y por primera vez en su larga trayectoria El Benefactor perdió la respiración ante una mujer. Había visto rostros más hermosos y portes más esbeltos, pero nunca tanta gracia. Despertó la memoria de conquistas pasadas, alborotándole la sangre con un calor que no había sentido en muchos años. Durante esa velada se mantuvo a distancia, observando a la embajadora con disimulo, seducido por la curva del cuello, la sombra de sus ojos, los gestos de las manos, la seriedad de su actitud. Tal vez cruzó por su mente el hecho de que tenía cuarenta y tantos años más que ella y que cualquier escándalo tendría repercusiones

---

1f. **el despacho:** Erledigung; hier: Amtszimmer.
3 **el chisme:** Gerede.
4 **el caudillo** (Am.): (An-)Führer, Oberhaupt.
6 **la charlatanería:** Geschwätz.
7 **insoportable:** unerträglich.
9f. **la trayectoria:** Flugbahn; hier (fig.): Lebensweg.
11 **el porte:** Gestalt.
12 **esbelto/a:** schlank.
13 **alborotar:** beunruhigen, hier (fig.): in Wallung bringen.
15 **la velada:** Abend(gesellschaft).
16 **seducido/a:** verführt, bezaubert.
20 **la repercusión:** Rückstoß, hier (fig.): Auswirkung.

El palacio imaginado 99

insospechadas más allá de sus fronteras, pero eso no logró disuadirlo, por el contrario, agregó un ingrediente irresistible a su naciente pasión.

Marcia Lieberman sintió la mirada del hombre pegada a su piel, como una caricia indecente, y se dio cuenta del peligro, pero no tuvo fuerzas para escapar. En un momento pensó pedirle a su marido que se retiraran, pero en vez de ello se quedó sentada deseando que el anciano se le aproximara y al mismo tiempo dispuesta a huir corriendo si él lo hacía. No sabía por qué temblaba. No se hizo ilusiones respecto a él, de lejos podía detallar los signos de la decrepitud, la piel marcada de arrugas y manchas, el cuerpo enjuto, el andar vacilante, pudo imaginar su olor rancio y adivinó que bajo los guantes de cabritilla blanca sus manos eran dos zarpas. Pero los ojos del dictador, nublados por la edad y el ejercicio de tantas crueldades, tenían todavía un fulgor de dominio que la paralizó en su silla.

1 **insospechado/a:** unvorhergesehen, ungeahnt.
2 **disuadir:** abschrecken.
2f. **el ingrediente:** Zutat.
5 **la caricia:** Liebkosung.
  indecente: unanständig, unschicklich.
9 **el anciano:** Greis.
11 **temblar:** zittern.
12 **la decrepitud:** Verfall, Altersschwäche.
13 **la arruga:** Falte.
  enjuto/a: dürr.
14 **vacilante:** unsicher, schwankend.
  rancio/a: ranzig.
15 **la cabritilla:** Ziegenleder.
16 **la zarpa:** Klaue.
18 **el fulgor:** Blitzen.
  el dominio: Macht.

El Benefactor no sabía cortejar a una mujer, no había tenido hasta entonces necesidad de hacerlo. Eso actuó a su favor, porque si hubiera acosado a Marcia con galanterías de seductor habría resultado repulsivo y ella habría retrocedido con desprecio. En cambio ella no pudo negarse cuando a los pocos días él apareció ante su puerta, vestido de civil y sin escolta, como un bisabuelo triste, para decirle que hacía diez años que no había tocado a una mujer y ya estaba muerto para las tentaciones de ese tipo, pero con todo respeto solicitaba que lo acompañara esa tarde a un lugar privado, donde él pudiera descansar la cabeza en sus rodillas de reina y contarle cómo era el mundo cuando él era todavía un macho bien plantado y ella todavía no había nacido.

– ¿Y mi marido? – alcanzó a preguntar Marcia con un soplo de voz.

– Su marido no existe, hija. Ahora sólo existimos usted y yo – replicó el Presidente Vitalicio, conduciéndola del brazo hasta su Packard negro.

Marcia no regresó a su casa y antes de un mes el embajador Lieberman partió de vuelta a su país. Había removido piedras en busca de su mujer, negándo-

---

1 **cortejar a alg.:** jdm. den Hof machen.
3 **acosar:** bedrängen.
4 **repulsivo/a:** abstoßend.
5 **el desprecio:** Verachtung.
7 **la escolta:** Eskorte.
10 **la tentación:** Versuchung.
14 **bien plantado/a** (fig.): gut gewachsen (*plantar:* pflanzen).
17 **el soplo:** Hauch.
20 **Packard:** amerikanischer Hersteller von Luxusfahrzeugen.

se al principio a aceptar lo que ya no era ningún secreto, pero cuando las evidencias del rapto fueron imposibles de ignorar, Lieberman pidió una audiencia con el Jefe del Estado y le exigió la devolución de su esposa. El intérprete intentó suavizar sus palabras en la traducción, pero el Presidente captó el tono y aprovechó el pretexto para deshacerse de una vez por todas de ese marido imprudente. Declaró que Lieberman había insultado a la Nación al lanzar aquellas disparatadas acusaciones sin ningún fundamento y le ordenó salir de sus fronteras en tres días. Le ofreció la alternativa de hacerlo sin escándalo, para proteger la dignidad de su país, puesto que nadie tenía interés en romper las relaciones diplomáticas y obstruir el libre tráfico de los barcos petroleros. Al final de la entrevista, con una expresión de padre ofendido, agregó que podía entender su ofuscación y que se fuera tranquilo, porque en su ausencia continuaría la búsqueda de la señora. Para probar su buena voluntad llamó al Jefe de la Policía y le dio instrucciones delante del embajador. Si en algún momento a Lieberman se le ocurrió rehusarse a partir sin Marcia, un segundo pensamiento lo hizo com-

---

2 **el rapto:** Entführung.
7 **deshacerse de alg. / a/c.:** sich jds. / einer Sache entledigen.
7f. **de una vez por todas:** ein für alle Mal.
8 **imprudente:** unklug, unvorsichtig.
10 **disparatado/a:** ungeheuer.
13 **la dignidad:** Würde.
15 **obstruir:** behindern, blockieren.
17 **la ofuscación:** Trübung der Vernunft, Verblendung.
22 **rehusar:** verweigern.

prender que se exponía a un tiro en la nuca, de modo que empacó sus pertenencias y salió del país antes del plazo designado.

Al Benefactor el amor lo tomó por sorpresa a una edad en que ya no recordaba las impaciencias del corazón. Ese cataclismo remeció sus sentidos y lo colocó de vuelta en la adolescencia, pero no fue suficiente para adormecer su astucia de zorro. Comprendió que se trataba de una pasión senil y fue imposible para él imaginar que Marcia retribuía sus sentimientos. No sabía por qué lo había seguido aquella tarde, pero su razón le indicaba que no era por amor y, como no sabía nada de mujeres, supuso que ella se había dejado seducir por el gusto de la aventura o por la codicia del poder. En realidad a ella la venció la lástima. Cuando el anciano la abrazó ansioso, con los ojos aguados de humillación porque la virilidad no le respondía como antaño, ella se empecinó con paciencia y buena voluntad en devolverle el orgullo. Y así, al cabo de varios intentos, el pobre hombre logró tras-

---

1 **la nuca:** Genick.
3 **el plazo:** Frist.
5 **la impaciencia:** Ungeduld.
6 **remecer:** (auf)rütteln.
8 **la astucia de zorro** (fig.): Gerissenheit (*la astucia:* Schlauheit).
10 **retribuir:** vergüten; hier (fig.): erwidern.
14 **la codicia:** Gier.
16 **ansioso/a:** sehnsüchtig, begierig.
17 **la humillación:** Demütigung.
   la virilidad: Mannneskraft.
18 **antaño** (adv.): ehemals.
   empecinarse (Am.): hartnäckig bleiben.
20f. **traspasar:** überschreiten.

pasar el umbral y pasear durante breves instantes por los tibios jardines ofrecidos, desplomándose en seguida con el corazón lleno de espuma.

– Quédate conmigo – le pidió El Benefactor apenas logró sobreponerse al miedo de sucumbir sobre ella.

Y Marcia se quedó porque la conmovió la soledad del viejo caudillo y porque la alternativa de regresar donde su marido le pareció menos interesante que el desafío de atravesar el cerco de hierro tras el cual ese hombre había vivido durante casi ochenta años.

El Benefactor mantuvo a Marcia oculta en una de sus propiedades, donde la visitaba a diario. Nunca se quedó a pasar la noche con ella. El tiempo juntos transcurría en lentas caricias y conversaciones. En su titubeante español, ella le contaba de sus viajes y de los libros que leía, él la escuchaba sin comprender mucho, pero complacido con la cadencia de su voz. Otras veces él se refería a su infancia en las tierras secas de los Andes o a sus tiempos de soldado, pero si ella le formulaba alguna pregunta, de inmediato se cerraba, observándola de reojo, como un enemigo.

---

2 **tibio/a:** lau.
  desplomarse: zusammensinken.
3 **la espuma:** Schaum.
5 **sobreponerse a:** sich hinwegsetzen über.
  sucumbir: unterliegen; hier: sterben.
6 **conmover:** rühren, ergreifen.
9 **el desafío:** Herausforderung.
  el cerco de hierro (fig.): eiserner Vorhang (*el cerco:* Zaun).
15 **titubeante:** wankend; hier: stockend.
17 **complacido/a:** zufrieden.
21 **observar alg. de reojo:** jdn. verstohlen betrachten.

Marcia notó esa dudeza inconmovible y comprendió que su hábito de desconfianza era mucho más poderoso que la necesidad de abandonarse a la ternura, y al cabo de unas semanas se resignó a su derrota. Al renunciar a la esperanza de ganarlo para el amor, perdió interés en ese hombre, y entonces quiso salir de las paredes donde estaba secuestrada. Pero ya era tarde. El Benefactor la necesitaba a su lado porque era lo más cercano a una compañera que había conocido, su marido había vuelto a Europa y ella carecía de lugar en esta tierra, hasta su nombre comenzaba a borrarse del recuerdo ajeno. El dictador percibió el cambio en ella y su recelo aumentó, pero no dejó de amarla por eso. Para consolarla del encierro al cual estaba condenada para siempre, porque su aparición en la calla confirmaría las acusaciones de Lieberman y se irían al carajo las relaciones internacionales, le procuró todas aquellas cosas que a ella le gustaban, música, libros, animales. Marcia pasaba las horas en un mundo propio, cada día más desprendida de la

---

1 **inconmovible:** unerschütterlich.
3 **la ternura:** Zärtlichkeit.
4 **resignarse a** (auch: *con*) **a/c.:** sich mit etwas abfinden.
 la derrota: Niederlage.
7 **secuestrado/a:** entführt.
10 **carecer de a/c.:** etwas nicht haben.
13 **el recelo:** Argwohn.
14 **el encierro:** Eingeschlossensein, Haft.
17 **irse al carajo** (fam.): vor die Hunde gehen, zum Teufel gehen (*el carajo*, Am., vulg.: männliches Glied, ‚Schwanz').
18 **procurar:** besorgen, verschaffen.
20 **desprendido/a:** losgelöst.

realidad. Cuando ella dejó de alentarlo, a él le fue imposible volver a abrazarla y sus citas se convirtieron en apacibles tardes de chocolate y bizcochos. En su deseo de agradarla, un día El Benefactor la invitó a conocer el Palacio de Verano, para que viera de cerca el paraíso del naturalista belga, del cual ella tanto había leído.

El tren no se había usado desde la fiesta inaugural, diez años antes, y estaba en ruinas, de modo que hicieron el viaje en automóvil, presididos por una caravana de guardias y empleados que partieron con una semana de anticipación llevando todo lo necesario para devolver al Palacio los lujos del primer día. El camino era apenas un sendero defendido de la vegetación por cuadrillas de presos. En algunos trechos tuvieron que recurrir a los machetes para despejar los helechos y a bueyes para sacar los coches del barro, pero nada de eso disminuyó el entusiasmo de Marcia. Estaba deslumbrada por el paisaje. Soportó el calor

---

1 **alentar:** ermutigen.
2 **convertirse en:** sich verwandeln in.
3 **apacible:** ruhig, friedlich.
 el bizcocho (Am.): Kuchen.
4 **agradar:** gefallen.
11 f. **con anticipación:** im Voraus.
14 **el sendero:** Pfad.
15 **la cuadrilla:** Trupp.
 el trecho: Strecke.
16 **recurrir a:** sich wenden an; hier: greifen zu.
17 **el helecho:** Farn.
 el buey: Ochse.
19 **deslumbrado/a:** geblendet.

húmedo y los mosquitos como si no los sintiera, atenta a esa naturaleza que parecía envolverla en un abrazo. Tuvo la impresión de que había estado allí antes, tal vez en sueños o en otra existencia, que pertenecía a ese lugar, que hasta entonces había sido una extranjera en el mundo y que todos los pasos dados, incluyendo el de dejar la casa de su marido por seguir a un anciano tembleque, habían sido señalados por su instinto con el único propósito de conducirla hasta allí. Antes de ver el Palacio de Verano ya sabía que ésa sería su última residencia. Cuando el edificio apareció finalmente entre el follaje, bordeado de palmeras y refulgiendo al sol, Marcia suspiró aliviada, como un náufrago al ver otra vez su puerto de origen.

A pesar de los frenéticos preparativos para recibirlos, la mansión tenía un aire de encantamiento. Su arquitectura romana, ideada como centro de un parque geométrico y grandiosas avenidas, estaba sumergida en el desorden de una vegetación glotona. El clima tórrido había alterado el color de los materiales, cubriéndolos con una pátina prematura, de la piscina y de los jardines no quedaba nada visible. Los galgos de

1 f. **atento/a a:** bedacht auf.
8 **tembleque:** zittrig.
12 **bordeado/a:** gesäumt.
13 **refulgir:** glitzern.
14 **el náufrago:** Schiffbrüchiger.
17 **ideado/a:** entworfen.
18 **sumergir:** untertauchen.
19 **glotón/a:** gefräßig.
20 **tórrido/a:** heiß.
21 **prematuro/a:** verfrüht.

caza habían roto sus correas mucho tiempo atrás y vagaban por los límites de la propiedad, una jauría hambrienta y feroz que acogió a los recién llegados con un coro de ladridos. Las aves habían anidado en los capiteles y cubierto de excrementos los relieves. Por todos lados había signos de desorden. El Palacio de Verano se había transformado en una criatura viviente, abierta a la verde invasión de la selva que lo había envuelto y penetrado. Marcia saltó del automóvil y corrió hacia las grandes puertas, donde esperaba la escolta agobiada por la canícula. Recorrió una a una todas las habitaciones, los grandes salones decorados con lámparas de cristal que colgaban de los techos como racimos de estrellas y muebles franceses en cuyos tapices anidaban las lagartijas, los dormitorios con sus lechos de baldaquino desteñidos por la intensidad de la luz, los baños donde el musgo se insinuaba en las junturas de los mármoles. Iba sonriendo, con la

---

1 **la correa:** Leine.
1f. **vagar:** sich herumtreiben.
2 **la jauría:** Meute.
3 **feroz:** wild.
  acoger: aufnehmen; hier: empfangen.
7f. **la criatura vivente:** lebendiges, lebendes Wesen.
9 **envolver:** einwickeln; hier: umfangen.
11 **agobiado/a:** gebeugt; hier (fig.): zermürbt.
  la canícula: Hitze.
14 **el racimo:** Schar.
15 **la lagartija:** Mauereidechse.
16 **el lecho:** Bett.
  desteñido/a: ausgebleicht.
17 **el musgo:** Moos.
  insinuarse: sich einschleichen.
18 **la juntura:** Fuge.

actitud de quien recupera algo que le ha sido arrebatado.

Durante los días siguientes El Benefactor vio a Marcia tan complacida, que algo de vigor volvió a calentar sus gastados huesos y pudo abrazarla como en los primeros encuentros. Ella lo aceptó distraída. La semana que pensaban pasar allí se prolongó a dos, porque el hombre se sentía muy a gusto. Desapareció el cansancio acumulado en sus años de sátrapa y se atenuaron varias de sus dolencias de viejo. Paseó con Marcia por los alrededores, señalándole las múltiples variedades de orquídeas que trepaban por los troncos o colgaban como uvas de las ramas más altas, las nubes de mariposas blancas que cubrían el suelo y los pájaros de plumas iridiscentes que llenaban el aire con sus voces. Jugó con ella como un joven amante, le dio de comer en la boca la pulpa deliciosa de los mangos silvestres, la bañó con sus propias manos en infusiones de yerbas y la hizo reír con una serenata bajo su ventana. Hacía años que no se alejaba de la capital, salvo breves viajes en una avioneta a las provincias donde su presencia era requerida para sofocar al-

1f. **arrebatar:** entreißen.
4 **el vigor:** Kraft.
9 **el sátrapa** (hist.): Satrap; hier (fig.): Tyrann.
10 **atenuarse:** sich mildern; hier (fig.): besser werden.
   la dolencia: Leiden, Gebrechen.
12 **trepar:** klettern, ranken.
   el tronco: Stamm.
15 **iridiscente:** in Regenbogenfarben schillern.
17 **la pulpa:** Fruchtfleisch.
18f. **la infusión de yerba:** Kräuteraufguss.
22 **sofocar:** ersticken.

gún brote de insurrección y devolver al pueblo la certeza de que su autoridad era incuestionable. Esas inesperadas vacaciones lo pusieron de muy buen ánimo, la vida le pareció de pronto más amable y tuvo la fantasía de que junto a esa hermosa mujer podría seguir gobernando eternamente. Una noche lo sorprendió el sueño en los brazos de ella. Despertó en la madrugada aterrado, con la sensación de haberse traicionado a sí mismo. Se levantó sudando, con el corazón al galope, y la observó sobre la cama, blanca odalisca en reposo, con el cabello de cobre cubriéndole la cara. Salió a dar órdenes a su escolta para el regreso a la ciudad. No le sorprendió que Marcia no diera indicios de acompañarlo. Tal vez en el fondo lo prefirió así, porque comprendió que ella representaba su más peligrosa flaqueza, la única que podría hacerle olvidar el poder.

El Benefactor partió a la capital sin Marcia. Le dejó media docena de soldados para vigilar la propiedad y algunos empleados para su servicio, y le prometió que mantendría el camino en buenas condiciones, para que ella recibiera sus regalos, las provisiones, el correo y algunos periódicos. Aseguró que la visitaría a menudo, tanto como sus obligaciones de Jefe de Estado se lo permitieran, pero al despedirse ambos

1 **el brote:** Keim.
8 **aterrado/a:** niedergeschmettert.
8f. **traicionar:** verraten.
10 **la odalisca** (hist.): Odaliske (weiße türkische Haremssklavin).
11 **el cobre:** Kupfer.
13f. **dar indicios de** (+ inf.): Anzeichen machen etwas zu tun.
16 **la flaqueza:** Schwäche.

sabían que no volverían a encontrarse. La caravana del Benefactor se perdió tras los helechos y por un momento el silencio rodeó al Palacio de Verano. Marcia se sintió verdaderamente libre por primera vez en su existencia. Se quitó las horquillas que le sujetaban el pelo en un moño y sacudió la cabeza. Los guardias se desabrocharon las chaquetas y se despojaron de sus armas, mientras los empleados partían a colgar sus hamacas en los rincones más frescos.

Desde las sombras los indios habían observado a los visitantes durante esas dos semanas. Sin dejarse engañar por la piel clara y el estupendo cabello crespo de Marcia Lieberman, la reconocieron como una de ellos, pero no se atrevieron a materializarse en su presencia porque llevaban siglos en la clandestinidad. Después de la partida del anciano y su séquito, ellos volvieron sigilosos a ocupar el espacio donde habían existido por generaciones. Marcia intuyó que nunca estaba sola, por donde iba mil ojos la seguían, a su alrededor brotaba un murmullo constante, un aliento

3 **rodear:** umgeben.
5 **la horquilla:** gabelförmige Stütze; hier: Haarnadel.
   sujetar: feststecken.
6 **el moño:** Haarknoten.
   sacudir: schütteln.
7 **desabrochar:** aufknöpfen.
   despojarse: ablegen.
9 **la hamaca:** Hängematte.
12f. **crespo/a** (Am.): lockig.
14 **atreverse:** etwas wagen, sich trauen.
17 **sigiloso/a:** verschwiegen, im Geheimen.
18 **intuir:** intuitiv erfassen.
20 **el aliento:** Atem.

tibio, una pulsación rítmica, pero no tuvo temor, por el contrario, se sintió protegida por duendes amables. Se acostumbró a pequeñas perturbaciones; uno de sus vestidos desaparecía por varios días y de pronto amanecía en una cesta a los pies de la cama, alguien devoraba su cena poco antes que ella entrara al comedor, se robaban sus acuarelas y sus libros, sobre su mesa aparecían orquídeas recién cortadas, algunas tardes su bañera la esperaba con hojas de yerbabuena flotando en el agua fresca, se escuchaban las notas de los pianos en los salones vacíos, jadeos de amantes en los armarios, voces de niños en el entretecho. Los empleados no tenían explicación para estos trastornos y muy pronto ella dejó de hacerles preguntas porque imaginó que ellos también eran parte de esa benevolente conspiración. Una noche esperó agazapada con una linterna entre las cortinas, y al sentir un golpeteo de pies sobre el mármol encendió la luz. Le pareció ver unas siluetas desnudas, que por un instante le de-

1 **la pulsación:** Pulsieren.
2 **el duende:** Gespenst.
3 **la perturbación:** Unruhe; hier (fig.): Unregelmäßigkeit.
4f. **amanecer:** tagen; hier (fig.): zum Vorschein kommen.
5f. **devorar:** verschlingen.
7 **las acuarelas:** (Wasser-)Farben.
9 **la yerbabuena** (Am.): *la hierbabuena:* Minze.
11 **el jadeo:** Keuchen.
12 **el entretecho** (Chi.): Dachboden.
13 **el trastorno:** Verwirrung.
15f. **benevolente:** wohlwollend.
16 **la conspiración:** Verschwörung.
   agazapado/a: versteckt.
17 **el golpeteo:** Hämmern; hier: Tappen, Trippeln.

volvieron una mirada mansa y enseguida se esfumaron. Los llamó en español, pero nadie le respondió. Comprendió que necesitaría inmensa paciencia para descubrir esos misterios, pero no le importó, porque tenía el resto de su vida por delante.

Algunos años después el país fue sacudido con la noticia de que la dictadura había terminado por una causa sorprendente: El Benefactor había muerto. A pesar de que ya era un anciano reducido sólo a huesos y pellejo y desde hacía meses estaba pudriéndose en su uniforme, en realidad muy pocos imaginaban que ese hombre fuera mortal. Nadie se acordaba del tiempo anterior a él, llevaba tantas décadas en el poder que el pueblo se acostumbró a considerarlo un mal inevitable, como el clima. Los ecos del funeral demoraron un poco en llegar al Palacio de Verano. Para entonces casi todos los guardias y los sirvientes, cansados de esperar un relevo que nunca llegó, habían desertado de sus puestos. Marcia Lieberman escuchó las nuevas sin alterarse. En realidad tuvo que hacer un esfuerzo por recordar su pasado, lo que había más allá de la selva y a ese anciano con ojillos de halcón que había trastornado su destino. Se dio cuenta de que con la muerte del tirano desaparecerían las

---

1 f. **esfumarse** (fam.): verschwinden.
3 **inmenso/a:** unermesslich.
10 **el pellejo:** Fell; hier (fig.): Haut.
   pudrirse: verfaulen.
16 **demorar:** verzögern; hier (Am.): eine Weile brauchen.
18 **el relevo:** Ablösung.
22 f. **los ojillos** (dim.) **de halcón:** kleine Falkenaugen.
23 **trastornar:** durcheinander bringen, umwerfen.

razones para permanecer oculta, ahora podía regresar a la civilización, donde seguramente a nadie le importaba ya el escándalo de su rapto, pero desechó pronto esa idea, porque no había nada fuera de esa región enmarañada que le interesara. Su vida transcurría apacible entre los indios, inmersa en esa naturaleza verde, apenas vestida con una túnica, el cabello corto, adornada con tatuajes y plumas. Era totalmente feliz.

Una generación más tarde, cuando la democracia se había establecido en el país y de la larga historia de dictadores no quedaba sino un rastro en los libros escolares, alguien se acordó de la villa de mármol y propuso recuperarla para fundar una Academia de Arte. El Congreso de la República envió una comisión para redactar un informe, pero los automóviles se perdieron por el camino y cuando por fin llegaron a San Jerónimo, nadie supo decirles dónde estaba el Palacio de Verano. Trataron de seguir los rieles del ferrocarril, pero habían sido arrancados de los durmientes y la vegetación había borrado sus huellas. El Congreso envió entonces un destacamento de exploradores y un par de ingenieros militares que volaron sobre la zona en helicóptero, pero la vegetación era tan espesa

3 **desechar:** verwerfen.
5 **enmarañado/a:** wirr.
6 **inmerso/a:** versunken, eingetaucht.
8 **el tatuaje:** Tätowierung.
12 **el rastro:** Spur.
20 **el durmiente** (Am.): Eisenbahnschwelle.
22 **el destacamento:** Kommando.
24 **espeso/a:** dicht.

que tampoco ellos pudieron dar con el lugar. Los rastros del Palacio se confundieron en la memoria de la gente y en los archivos municipales, la noción de su existencia se convirtió en un chisme de comadres, los informes fueron tragados por la burocracia y como la patria tenía problemas más urgentes, el proyecto de la Academia de Arte fue postergado.

Ahora han construido una carretera que une San Jerónimo con el resto del país. Dicen los viajeros que a veces, después de una tormenta, cuando el aire está húmedo y cargado de electricidad, surge de pronto junto al camino un blanco palacio de mármol, que por breves instantes permanece suspendido a cierta altura, como un espejismo, y luego desaparece sin ruido.

---

1 **dar con a/c.:** auf etwas treffen, etwas finden.
3 **la noción:** Vorstellung.
4 **el chisme de comadres:** Altweibergerede (*la comadre:* Gevatterin).
5 **tragar:** (ver)schlucken.
7 **postergar:** zurückstellen, aufschieben.
11 **surgir:** auftauchen, erscheinen.
13 **suspendido/a:** schwebend.
14 **el espejismo:** Luftspiegelung.

Editorische Notiz

Der spanische Text folgt der Ausgabe: Isabel Allende, *Cuentos de Eva Luna*, Barcelona: Plaza & Janés, 1990. Das Glossar enthält alle Wörter, die nicht in der Wortschatzsammlung *Thematischer Grund- und Aufbauwortschatz Spanisch* (Stuttgart: Klett, 2001) enthalten sind. Dabei wird der Grundwortschatz in der Regel als bekannt vorausgesetzt; Wörter, die zum Aufbauwortschatz zählen, sind im Zweifelsfall hier erklärt. Allerdings wurde bei auch im Deutschen verständlichen und geläufigen Begriffen auf eine Erklärung verzichtet. – Aus den insgesamt 23 *Cuentos de Eva Luna* wurden fünf hier ausgewählt; die Geschichten sind unabhängig voneinander glossiert, so dass jede für sich gelesen werden kann.

Im Glossar verwendete spanische Abkürzungen

a/c.	algo, alguna cosa (etwas)
adj.	adjetivo (Adjektiv)
adv.	adverbio (Adverb)
alg.	alguien, alguno (jemand)
Am.	Americanismo (Amerikanismus: nur in Lateinamerika gebräuchlich)
aum.	aumentativo (Augmentativ, Vergrößerungsform)
Chi.	Chile (nur in Chile gebräuchlich)
Col.	Columbia (nur in Kolumbien gebräuchlich)
dim.	diminutivo (Diminutiv, Verkleinerungsform)
f.	femenino (weiblich)
fam.	lenguaje familiar (umgangssprachlich)
fig.	sentido figurado (übertragen, sinnbildlich)
hist.	histórico (historisch)

Editorische Notiz

loc.	locución (Redewendung)
m.	masculino (männlich)
pl.	plural
vulg.	lenguaje vulgar (vulgär)

Literaturhinweise

I. Werke von Isabel Allende

La casa de los espíritus. Barcelona: Plaza & Janés, 1982.
 Dt. Übers.: *Das Geisterhaus.* Frankfurt a. M.: Suhrkamp, 1984.
La gorda de porcelana. Madrid: Alfaguara, 1984.
 Dt. Übers.: *Die Dicke aus Porzellan.* Frankfurt a. M.: Suhrkamp, 1986.
De amor y de sombra. Barcelona: Plaza & Janés, 1984.
 Dt. Übers.: *Von Liebe und Schatten.* Frankfurt a. M.: Suhrkamp, 1986.
Eva Luna. Barcelona: Plaza & Janés, 1987.
 Dt. Übers.: *Eva Luna.* Frankfurt a. M.: Suhrkamp, 1988.
Cuentos de Eva Luna. Barcelona: Plaza & Janés, 1989.
 Dt. Übers.: *Geschichten der Eva Luna.* Frankfurt a. M.: Suhrkamp, 1990.
El plan infinito. Barcelona: Plaza & Janés, 1991.
 Dt. Übers.: *Der unendliche Plan.* Frankfurt a. M.: Suhrkamp, 1992.
Paula. Barcelona: Plaza & Janés, 1994.
 Dt. Übers.: *Paula.* Frankfurt a. M.: Suhrkamp, 1995.
Afrodita. Barcelona: Plaza & Janés, 1997.
 Dt. Übers.: *Aphrodite.* Frankfurt a. M.: Suhrkamp, 1998.
Hija de la Fortuna. Barcelona: Plaza & Janés, 1999.
 Dt. Übers.: *Fortunas Töchter.* Frankfurt a. M.: Suhrkamp, 1999.
Retrato en sepia. Barcelona: Plaza & Janés, 2000.
 Dt. Übers.: *Portrait in Sepia.* Frankfurt a. M.: Suhrkamp, 2001.
La ciudad de las bestias. Barcelona: Plaza & Janés, 2002.
 Dt. Übers.: *Die Stadt der wilden Götter.* Frankfurt a. M.: Suhrkamp, 2002.
El reino del dragón de oro. Barcelona: Plaza & Janés, 2003.

Dt. Übers.: *Im Reich des goldenen Drachen*. Frankfurt a. M.: Suhrkamp, 2003.
Mi país inventado. Barcelona: Plaza & Janés, 2003.

II. Sekundärliteratur (Auswahl)

Correas Zapata, Celia: Isabel Allende. Vida y espíritus. Barcelona 1998.

Critical approaches to Isabel Allende's novels. Hrsg. von Sonia Riquelme Rojas und Edna Aguirre Rehbein. New York [u. a.] 1991.

Herlinghaus, Hermann: Intermedialität als Erzählerfahrung. Isabel Allende, José Donoso und Antonio Skármeta im Dialog mit Film, Fernsehen, Theater. Frankfurt a. M. 1994.

Piña, Juan Andrés: Conversaciones con la narrativa chilena. Fernando Alegría, José Donoso, Guillermo Blanco, Jorge Edwards, Antonio Skármeta, Isabel Allende, Diamela Eltit. Santiago de Chile 1991.

Rebelling in the garden. Critical perspectives on Isabel Allende, Cristina Peri Rossi, Luisa Valenzuela. In Honour of Sally Harvey. Hrsg. von Roy C. Boland. Auckland 1996.

Wiss-Pawliska, Maria: Gabriel García Márquez und Isabel Allende. Verwandlung und Verwandtschaft. Paderborn 1993.

Wittig, Wolfgang: Nostalgie und Rebellion. Zum Romanwerk von Gabriel García Márquez, Mario Vargas Llosa und Isabel Allende. Würzburg 1991.

III. Internetseiten

www.isabelallende.com
offizielle Isabel-Allende-Seite (englisch) mit einer Auflistung ihrer Publikationen, einer detaillierten Biographie und vielen Hintergrundinformationen und Bildmaterial

Literaturhinweise

www.isabel-allende.com
   offizielle spanische Seite des Club Cultura zu Leben und Werk der Autorin; die Seite enthält u. a. Interviews, eine ausführliche Bibliographie, Zitate und viele Abbildungen

www.utexas.edu/utpress/excerpts/exrodc2p.html
   Seite der Texas University Press mit Auszügen aus dem Buch von John Rodden *Conversations with Isabel Allende;* die Seite enthält ausführliche Besprechungen ihrer Texte in Verbindung mit biographischen Angaben

www.suhrkamp.de/autoren/allende2/allende_bio.htm
   Seite des Suhrkamp-Verlags über Isabel Allendes Leben und ihre Veröffentlichungen, unter Einbeziehung der deutschen Übersetzungen

www.januarymagazine.com/profiles/allende.html
   Seite des *January Magazine* zu Isabel Allende; enthält vor allem ein anlässlich der Veröffentlichung der englischen Übersetzung von *Hija de la Fortuna* geführtes umfangreiches Interview

Nachwort

»La escritura es para mí un intento desesperado de preservar la memoria. Soy una eterna vagabunda y por los caminos quedan los recuerdos como desgarrados trozos de mi vestido. Escribo para que no me derrote el olvido y para nutrir mis raíces, que ya no están plantadas en ningún lugar geográfico, sino en la memoria y en los libros que he escrito.«[1] – Ob in Briefen an ihre oft weit zerstreute Familie, ihrer Tätigkeit als Journalistin oder ihrem Wirken als Schriftstellerin, Schreiben wurde für Isabel Allende schnell zu einem Grundbedürfnis. Heute ist die Schriftstellerin weltweit eine der meistgelesenen Autorinnen.

Isabel Allende wird am 2. August 1942 in Lima, Peru, als Tochter des chilenischen Diplomaten Tomás Allende, Cousin des späteren chilenischen Präsidenten Salvador Allende, und von Francisca Llona geboren. Die Ehe ihrer Eltern zerbricht; 1945 annulliert Isabels Mutter die Heirat und kehrt mit ihren drei Kindern Isabel, Juan und Francisco in das Haus ihrer Eltern nach Santiago de Chile zurück. Francisca Llona geht danach eine Verbindung mit dem Diplomaten Ramón Huidobro ein, der Isabels Stiefvater werden soll. Isabel, die zu dieser Zeit eine von deutschen Nonnen geleitete katholische Mädchenschule besucht, fällt wegen der ›Unmoral‹ ihrer Mutter in Ungnade und wird unter dem Vorwand, einen Unterhosenwettbewerb veranstaltet zu haben, der Schule verwiesen.[2]

»Onkel Ramón« nimmt seine neue Familie im diplomatischen Dienst mit nach Bolivien und Beirut. Wegen der Suezkanal-Krise wird Isabel Allende 1958 zu ihrem Großvater nach Chile zurückgeschickt und lernt kurz darauf ihren ers-

---

[1] Zit. nach: Celia Correas Zapata, *Isabel Allende. Vida y espíritus*, Barcelona 1998, S. 15.
[2] Die 6jährige Isabel hatte mit anderen Mitschülerinnen ihre Unterhosen verglichen und dabei ihre Beine gezeigt.

ten Mann, Miguel Frías, kennen. 1962 heiratet die Zwanzigjährige den angehenden Ingenieur und ein Jahr später kommt ihre Tochter Paula auf die Welt.

Ihre ersten Kontakte mit dem Journalismus knüpft Isabel Allende in der Informationsabteilung der FAO (Food and Agriculture Organization of the United Nations), wo sie von 1959 bis 1965 für die Öffentlichkeitsarbeit zuständig ist. Nach der Geburt ihres Sohnes Nicolás fängt sie 1967 an, für die feministische Zeitschrift *Paula* zu schreiben. Bis einschließlich 1974 verfasst sie die humoristische Kolumne *Los impertinentes*. In ihren Artikeln beschreibt sie mit viel Witz und Ironie den nicht endenden Kampf der Geschlechter von einem feministischen Standpunkt aus. Mit Ehrlichkeit und Schärfe gewinnt sie viele Anhänger, aber macht sich auch Feinde.[3]

1973 leitet die Journalistin zusätzlich das Kindermagazin *Mampato* und veröffentlicht eine Sammlung ihrer Kolumnen unter dem Titel *Civilice a su troglodita* und zwei Kinderbücher: *La abuela Panchita* und *Lauchas y lauchones*. Von 1970 bis 1975 erlangt sie als Moderatorin eines humoristischen Programms und einer eigenen Talkshow im chilenischen Fernsehen große Popularität. Etwa zur gleichen Zeit werden ihre drei tragikomischen Theaterstücke *El embajador*, *La balada del medio pelo* und *Los siete espejos* in Santiago de Chile aufgeführt.

Am 11. September 1973 kommt Augusto Pinochet durch einen Militärputsch an die Macht und Isabels Onkel, Salvador Allende, wird tot aufgefunden. Man geht von seiner Ermordung durch die Militärs aus, obwohl die neuen Machthaber die Nachricht von seinem angeblichen Selbstmord ver-

---

3 Die Reportage über eine untreue Frau »deren Protagonistin ihre sexuelle Zweitbeziehung als eine den Alltag bereichernde Erfahrung beschreibt, wurde nicht verziehen. Hunderte von entrüsteten Briefen erreichten nach ihrer Veröffentlichung die Redaktion. Sexuelle Verwirklichung ohne Schuldgefühle und Rücksicht auf Konventionen durfte sich im Falle einer Frau nicht öffentlich legitimieren« (Hermann Herlinghaus, *Intermedialität als Erzählerfahrung: Isabel Allende, José Donoso und Antonio Skármeta im Dialog mit Film, Fernsehen und Theater*, Frankfurt a. M. 1994, S. 84).

breiten. Isabel Allendes wiederholt burleske und ironische Bemerkungen über die Militärs bringen ihr Drohungen ein und kosten sie bald ihre Arbeit und ihre Heimat. 1975, zwei Jahre nach dem Militärputsch in Chile, geht sie zusammen mit ihrer Familie nach Caracas. Eigentlich sollte Venezuela eine Übergangslösung sein, aber die Situation in Chile entspannt sich nicht wie erwartet und Isabel Allende bleibt 13 Jahre im Exil. Durch die Isolation und das neue Leben fern von ihren bisherigen sozialen und beruflichen Kontakten veranlasst, beginnt sie sich intensiver dem literarischen Schreiben, das bis dahin nicht mehr als ein Hobby war, zu widmen.

1978 trennt sie sich zum ersten Mal von Miguel Frías und reist nach Spanien. Die Autorin hinterlässt die Erzählung *La gorda de porcelana* im Empfang des Verlags Alfaguara in Madrid. Dieser einfach erscheinende Text beschreibt die Macht der Phantasie als Retter aus menschlichem Überdruss: Ein schüchterner Notar entdeckt im Schaufenster eines Antiquitätenhändlers die sinnliche Statue einer dicken, nur leicht bekleideten Dame und entwickelt ein unerklärliches Verlangen danach, sie zu besitzen. Der Text ist witzig, fantasievoll und trotz seiner Fröhlichkeit von einer nachdenklich machenden Tiefgründigkeit geprägt. Alfaguara erkennt sofort das Potenzial der Autorin, kann die Erzählung aber nicht veröffentlichen, da sie keine gültige Adresse hinterlassen hat. Erst vier Jahre später, als Isabel Allende zur Veröffentlichung ihres ersten Romans *La casa de los espíritus* wieder nach Spanien kommt, kann die Geschichte verlegt werden.

Als 1981 ihr Großvater in Chile im Sterben liegt, entsteht aus einem Brief an den Sterbenden das Manuskript zu *La casa de los espíritus*. Die angehende Autorin schreibt nachts in der Küche ihrer Wohnung auf einer tragbaren Schreibmaschine. Dieser in Tagebuchform verfasste Roman ist eine Familienchronik über vier Generationen inmitten politischer und wirtschaftlicher Wirren in Südamerika. Der Text enthält Bestandteile des *realismo mágico*, einer Technik, in der sich die Realität mit dem Übernatürlichen vermischt. Hauptthemen des Romans sind die Verarbeitung von sozialer Ungerechtigkeit, die weibliche Emanzipation und die Diktatur als ein auf Machtausübung ausgerichtetes patriarchalisches System.[4]

Ab diesem Zeitpunkt geht es mit ihrer Karriere als Schriftstellerin stetig bergauf und Isabel Allende wird als erste weltweit anerkannte lateinamerikanische Schriftstellerin gefeiert. 1984 veröffentlicht sie das politische Melodram *De amor y de sombra* und 1987 den Roman *Eva Luna*. Die Diktatur, ihre Grausamkeiten und Ungerechtigkeiten sind auch in *De amor y de sombra* Hauptthemen. Die Geschichte von der jungen Journalistin aus der Oberklasse eines südamerikanischen Landes und dem subversiven jungen Fotografen, die gegen das Terrorregime kämpfen, erscheint als direkte Verarbeitung der Erfahrungen Allendes mit der Diktatur in Chile.

Eva Luna hingegen behandelt diese Themen zwar auch, doch ist der Roman vor allem ein Appell an den Feminismus und die Erzählkunst, voll von autobiographischen Reminiszenzen der Autorin. In *Eva Luna* erzählt Allende die pikaresken Abenteuer ihrer Protagonistin, angefangen von ihrer wundersamen Empfängnis über die zahlreichen pittoresken Stationen auf ihrem Lebensweg. Evas Geschichte ist mit der Rolf Carlés verwoben, einem Österreicher, der Europa nach dem zweiten Weltkrieg verlässt und als Filmemacher nach Südamerika emigriert. Eva Luna ist eine außergewöhnliche Erzählerin, die mit ihrer Kunst die Realität willkürlich ändert, um so die Grausamkeiten des Lebens erträglicher zu machen. Wie in *La casa de los espíritus* sind die Frauenfiguren starke Persönlichkeiten, die ihren eigenen Lebensunter-

---

4 »Die Frauenfiguren mit den sprechenden Namen Nívea, Clara, Blanca und Alba (die Schneeweiße, die Helle, die Weiße, die Morgendämmerung) verkünden eine Utopie, in der die Frau als Rettung in der barbarischen Zivilisation der Männer erscheint« (*Lateinamerikanische Literaturgeschichte*, hrsg. von Michael Rössner, Stuttgart/Weimar 1995, S. 479).

halt verdienen und sich ihren Platz in einer patriarchalischen Welt suchen.[5]

Noch im gleichen Jahr lässt sich Isabel Allende scheiden und geht zusammen mit ihrem zukünftigen zweiten Mann William Gordon nach Kalifornien. 1988 heiratet das Paar und lebt seitdem zurückgezogen in San Rafael. Nach ihrem Umzug in die USA schreibt die Autorin *Cuentos de Eva Luna*. Die 23 Geschichten spielen alle in Südamerika und spiegeln eine ansteckende Begeisterung für das Leben wider. Sie sind in sich sehr verschieden, aber wie auch ihre Romane von Erotik, Leidenschaft, Liebe, Gewalt und Humor geprägt. Die Kurzgeschichtensammlung wird 1989 veröffentlicht und schon kurze Zeit später präsentiert Isabel ihren Roman *El plan infinito*. In diesem Buch erzählt Allende zum ersten Mal aus der Sicht eines männlichen Protagonisten, Gregory Reeves, der als mittelloser Weißer im mexikanischen Einwandererviertel von Los Angeles aufwächst. Er lebt zwischen zwei Welten, erleidet Niederlagen und Siege und wird vom Vietnamkrieg tief erschüttert.

Am 6. Dezember wird Isabels Tochter Paula in Madrid in ein Krankenhaus eingeliefert. Sie leidet an einer Stoffwechselkrankheit und fällt in ein Koma, aus dem sie nicht mehr erwacht. Genau ein Jahr später, am 6. Dezember 1992, stirbt Paula im Haus Isabels in Kalifornien und die Autorin beginnt ihren biographischen Roman *Paula*, ein Zeugnis der langen und schmerzhaften Krankheit ihrer Tochter. Angesichts von Krankheit und Tod schildert sie in einer Art Zwiegespräch mit Paula ihre Empfindungen und erzählt gleichzeitig ihre Lebensgeschichte und die Geschichte ihrer Familie.

Die weltweit erfolgreiche Verfilmung ihres Romans *La casa de los espíritus* kommt 1993 in die Kinos und steigert die

---

5 Isabel Allende beschreibt *Eva Luna* in einem Interview als ihre liebste Frauengestalt: »Porque se rebela contra su destino y sale adelante usando el único don que le dió la naturaleza: el don de contar. Porque es femenina y feminista. Porque tiene un corazón recto y no teme su propia sensualidad« (zit. nach: Correas Zapata, S. 103).

bereits große Popularität der Autorin noch. Nach der Fertigstellung ihres Romans *Paula* schreibt Isabel Allende jahrelang nichts mehr. Erst 1997 überwindet sie die durch den Tod ihrer Tochter ausgelöste Schreibblockade und veröffentlicht den unerwartet erotischen und humorvollen Text *Afrodita*. Das Buch ist eine pikante Mischung aus Memoiren und Kochbuch, das die verrücktesten Aphrodisiaka miteinander kombiniert. Der Leser wird in eine Welt der Genüsse entführt und bekommt erotische Geschichten und Rezepte aus aller Welt vorgesetzt.

1998 veröffentlicht die Autorin wieder einen Roman, *Hija de la Fortuna*, in dem die Geschichte von Eliza Sommers erzählt wird, einem chilenischen Findelkind, das Mitte des 19. Jahrhunderts in der Obhut einer englischen Familie in Valparaíso aufwächst. Eliza macht sich, kaum 17jährig, auf die Suche nach ihrem Geliebten, der sich irgendwo in Kalifornien inmitten des Goldrauschs befindet. Auch in diesem Text spielen Feminismus und die Entwicklung eines Mädchens zu einer starken Frau eine große Rolle. Außerdem verarbeitet sie in dem Text ihre eigenen Erfahrungen als Emigrantin, indem sie sich intensiv mit dem Leben zwischen zwei Kulturen auseinandersetzt.[6]

Im Jahr 2000 veröffentlicht Isabel Allende *Retrato en sepia*, einen ebenfalls im 19. Jahrhundert in Kalifornien spielenden Roman, der die Charaktere von *Fortunas Töchter* noch einmal aufleben lässt. Aurora, eine kämpferische junge Frau, erforscht das Geheimnis ihrer Kindheit und kommt dabei mit politischen Extremen, kultureller Vielfalt und erstarrten Konventionen in Konflikt. Auch hier steht Allendes ständig wiederkehrende Thematik – starke Frauen, die sich

6 Die Erfahrungen als Diplomatentochter, ihre Erlebnisse im Exil und die daraus resultierenden Kulturvergleiche sind Allendes Quelle für viele ihrer Themen. »Las experiencias de los viajes y del exilio otorgan una visión más global de la vida: se hacen evidentes las similitudes, más que las diferencias, entre pueblos e individuos, uno deja de mirarse el ombligo para mirar el horizonte más distante« (zit. nach: Correas Zapata, S. 47).

in einer von Männern beherrschten Welt durchsetzen – im Vordergrund.

2002 schreibt Isabel Allende den ersten Band ihrer Jugendbuch-Trilogie *La ciudad de las bestias*. Der Abenteuerroman erzählt die gefährliche Reise des 15jährigen Alex, der zusammen mit seiner Großmutter in das Amazonasgebiet reist, um das Rätsel um eine Bestie aufzudecken, die Tiere und Menschen bedroht. In der geheimnisvollen Welt des Regenwaldes, konfrontiert mit fremden Kulturen und irrealen Vorkommnissen, findet der an sich und der Welt zweifelnde Alex zu sich selbst. Der zweite Band ihrer Jugendserie, *El reino del dragón de oro*, kommt 2003 auf den Markt und spielt in einem kleinen Königreich im Himalaya. Alex, seine Großmutter Kate und das Amazonasmädchen Nadia erleben hier wieder wilde Abenteuer. Um den »goldenen Drachen«, eine Statue mit übernatürlichen Kräften, zu retten, kämpfen sie sich zusammen mit den letzten Yetis durch die Berge, durch ein unterirdisches Labyrinth und müssen gegen einen gierigen Millionär antreten, der über Leichen geht. Der letzte Band dieser Trilogie, *El bosque de los pigmeos*, soll 2004 erscheinen und in abenteuerlichen Gegenden Afrikas spielen.

Allendes vorerst letzter Roman, *Mi país inventado*, erschien 2003, ist aber in deutscher Übersetzung noch nicht auf dem Markt. Dieses Erinnerungsbuch ist eine Chronik ihrer Familie und ihres Heimatlandes Chile. Die Autorin erzählt von ihren Großeltern, Onkeln und Tanten und verbindet die persönlichen Erinnerungen mit dem Wesen des chilenischen Volkes und seiner gewalttätigen Geschichte. Zwei Ereignisse prägen die Erzählstruktur des Buches, andererseits der Militärputsch und der Tod ihres Onkels Salvador Allende am 11. September 1973, eine Erfahrung, die sie nicht nur ins Exil schickte, sondern auch zur Schriftstellerin machte, und andererseits der Terroranschlag auf New York am 11. September 2001, der ihr ihre Verbundenheit mit ihrer neuen Heimat zu Bewusstsein brachte.

Isabel Allendes aktuelles Projekt ist eine zweibändige Geschichte über den Zorro. Auf den Spuren des Diego de la Vega befasst sich die Autorin im ersten Band mit den Ursprüngen der Legende: *Los orígenes de la leyenda del Zorro*. Das Buch soll 2005 erscheinen und Jugendliche und Erwachsene für die abenteuerliche Welt von »Alta California« begeistern.

Die fünf Erzählungen des vorliegenden Bandes stammen alle aus Isabel Allendes Kurzgeschichtensammlung *Cuentos de Eva Luna*. Eva, die fiktive, allwissende Erzählerin, ist identisch mit der Protagonistin aus dem vorhergehenden Roman *Eva Luna*. Sie wird mit einer modernen Scheherazade gleichgesetzt, die durch das Geschichtenerzählen ihr Leben rettet. Allerdings wird das Leben Eva Lunas nicht direkt bedroht, sondern für sie sind die Geschichten und ihre Phantasie eine Rettung vor den Grausamkeiten der Realität. Die 23 Geschichten Eva Lunas sind von einem doppelten Rahmen eingefasst: Der Text beginnt mit einem Zitat aus *Tausendundeine Nacht*, in dem auf die Grausamkeit des Königs und die rettende Erzählkunst Scheherazades eingegangen wird, gefolgt von einer kurzen Erzählung Rolf Carlés, dem Liebhaber Eva Lunas, in der er seine Empfindungen während einer Liebesnacht mit Eva beschreibt und die damit endet, dass er sie bittet, ihm eine Geschichte zu erzählen: »Cuéntame un cuento que no le hayas contado a nadie.« Darauf folgen die 23 Erzählungen.

In der letzten Geschichte, *De barro estamos hechos*, kommt Allende wieder auf Eva Luna und Rolf Carlé als Protagonisten zurück und schließt so den Kreis. Eva erzählt hier, wie sie als Fernsehzuschauerin miterlebt, wie Carlé nach einem Vulkanausbruch in einem Katastrophengebiet den langsamen Tod eines nicht mehr zu rettenden Mädchens miterlebt. Die Autorin geht bei der Geschichte vom omnipräsenten Erzähler in die Ich- Erzählung über und endet die Erzählung und somit das Buch mit Eva Lunas eigenen Gedanken und Wünschen.[7] Als Abschluss erscheint wieder ein Zitat aus *Tausendundeiner Nacht*.

Die hier ausgewählten Geschichten spielen alle in Südamerika und sind geprägt von Gewaltherrschaft, patriarchalischen Verhältnissen, leidenschaftlicher Liebe und Armut. Sie sind phantasievoll, tiefgründig und sprühen vor Lebenslust und Humor.

Die erste Erzählung, *Dos palabras*, ist die Geschichte der armen Analphabetin Belisa Crepusculario, die sich selber Lesen und Schreiben beibringt und dann ihren Lebensunterhalt erfolgreich mit dem Verkauf von Wörtern bestreitet. Eines Tages verlangt der grausame Rebellenführer »El Coronel« von ihr, ihm eine Rede zu schreiben, die ihn zum Präsidenten machen soll. Sie stellt sich der Herausforderung, aber nicht aus Angst, getötet zu werden, sondern vor allem weil sie befürchtet, »El Coronel« könnte sonst anfangen zu weinen: »no pudo negarse, temiendo que el Mulato le metiera un tiro entre los ojos o, peor aún, que el Coronel se echara a llorar« (S. 12f.). Sie verliebt sich in den Tyrannen und bringt ihn dazu, sie ebenfalls zu lieben.

Die Geschichte beschreibt die feministische Grundthematik vieler Allende-Romane: den Erfolg einer starken Frau, die sich durch Ausdauer, Kraft und Klugheit holt, was sie will, und sich einen Platz in einer patriarchalischen Welt schafft. Ein zweites stets wiederkehrendes Motiv Allendes in dieser Erzählung ist die Macht des Wortes: Geschriebene oder gesprochene Wörter verführen ihre Zuhörer und üben eine unwiderstehliche Anziehungskraft aus.

Die zweite Erzählung, *El oro de Tomás Vargas*, erzählt die Geschichte zweier Frauen, die ihre anfänglichen Rivalitäten überwinden, sich zusammentun und ihrem gewalttätigen und

---

[7] »Estás de vuelta conmigo, pero ya no eres el mismo hombre. [...] A tu lado, yo espero que completes el viaje hacia el interior de ti mismo y te cures de las viejas heridas. Sé que cuando regreses de tus pesadillas caminaremos otra vez de la mano, como antes« (*Cuentos de Eva Luna*, Barcelona 2003, S. 278).

geizigen Ehemann und Geliebten die Stirn bieten. Der grausame Patriarch Tomás Vargas wird durch die Solidarität der zwei Frauen in die Knie gezwungen und schließlich Opfer seiner eigenen Rücksichtslosigkeit.

Auch hier steht wieder die Thematik ›starke Frauen gegen grausame Männer‹ – der Sieg des eigentlich ›schwachen‹ Geschlechts – im Vordergrund. Allende macht sich über eine patriarchalische Gesellschaft lustig, deren Prioritäten offensichtlich verschoben sind: eine Gesellschaft, in der der Missbrauch von Frauen hingenommen wird, aber unbeglichene Wettschulden zur Todsünde werden: »En Agua Santa se podía tolerar que un hombre maltratara a su familia, fuera haragán, bochinchero y no devolviera el dinero prestado, pero las deudas del juego eran sagradas« (S. 35).

Allerdings sind nicht alle Männer in Isabel Allendes Geschichten grausam; warmherzige Männerfiguren, die als Retter in der Not fungieren, tauchen immer wieder in ihren Erzählungen auf. So stellt hier der Araber Riad Halabí die helfende Hand und die Gerechtigkeit dar. Das Dorf Agua Santa, in dem die Geschichte spielt, ist ebenfalls eine Konstante in den Werken Isabel Allendes. In ihrem Roman *Eva Luna* und in anderen Kurzgeschichten kommt sie immer wieder an diesen Handlungsort zurück, so dass seine Bewohner für den Leser allmählich zu alten Bekannten werden.

Walimai, die dritte hier aufgenommene Geschichte, versetzt den Leser in den tropischen Regenwald Südamerikas. Eva Luna erzählt diese Geschichte aus der Sicht ihres Protagonisten in Form einer Ich-Erzählung. Walimai, ein seinen Traditionen verhafteter Indianer aus dem Amazonasgebiet, berichtet von seinen Erfahrungen mit dem weißen Mann. Er erzählt von seiner Verwunderung angesichts der kulturellen Unterschiede und seinem Unverständnis gegenüber der Arroganz und Geldgier der Eroberer. Als er, nach einem missglückten Jagdversuch, von Kautschuksammlern gefangengenommen und zum Sklaven gemacht wird, trifft er auf eine Gefangene aus dem Stamm seiner Mutter, die zur sexuellen Befriedigung aller Sklaven im Camp gehalten wird. Auf ihren Wunsch hin tötet er die schon dahinsiechende Frau und flieht. Um ihre Seele zu retten, unterzieht er sich den überlieferten Riten seines Stammes und erweist ihr alle traditionellen Ehren.

Dieser Text ist ein Appell an Menschlichkeit und Toleranz. Er beschreibt die Zerstörungswut einer Eroberer-Kultur, die nichts als Desinteresse und Verachtung für die einheimischen Kulturen übrig hat. Mit der Stimme eines männlichen Protagonisten beschreibt auch hier Allende die Situation der südamerikanischen Frau. In diesem Fall kann sie sich nicht behaupten und geht als Opfer der Männerwelt zugrunde. Die Geschichte enthält Elemente des *realismo mágico*, der sich im Falle Walimais in seinen metaphysischen Erfahrungen zeigt: »De inmediato sentí que el espíritu se le salía por las narices y se introducía en mí, aferrándose a mi esternón« (S. 56).

Die vierte Erzählung, *Regalo para una novia*, bringt den Leser zurück in die Zivilisation einer südamerikanischen Großstadt. Der Zirkusdirektor Horacio Fortunato ist Erbe einer Zirkusfamilie in vierter Generation und hat den Familienbetrieb von einem Wanderzirkus zu einem Unterhaltungskonzern gebracht. Der groteske Lebemann mit einer Vorliebe für schrille Farben, schnelles Geld und üppige Blondinen verliebt sich aus heiterem Himmel in die magere, nicht mehr ganz junge Frau eines jüdischen Juweliers. Entgegen allen Erwartungen beschließt der Casanova, die Dame aus der höheren Gesellschaft für sich zu gewinnen. Ihre Abneigung gegen ihn wird zu einer unwiderstehlichen Herausforderung und führt fast zur Besessenheit.

Mit viel Witz und Farbe beschreibt die Autorin das Aufeinandertreffen zweier Gesellschaftsschichten im klassenbewussten Südamerika, mit all seinen Klischees und Prätentionen. Durch Überzeichnen der gesellschaftlichen Normen der Oberklasse und absurde, maßlose Übertreibungen aus der Welt der Kleinkünstler macht sie sich über den Snobismus und die Scheinheiligkeit der Gesellschaft lustig und feiert die

Liebe und den Humor als ultimative Motivation: »Horacio Fortunato con su melena aplastada con brillantina, su irrevocable sonrisa de galán, orondo bajo su pórtico triunfal, rodeado por su circo inaudito, aclamado por las trompetas y los platillos de su propia orquesta, el hombre más soberbio, más enamorado y más divertido del mundo. Patricia lanzó una carcajada y le salió al encuentro« (S. 84).

El palacio imaginario ist der Abschluss dieser Kurzgeschichtenauswahl. Der mittlerweile greise Diktator eines tropischen südamerikanischen Landes verliebt sich in die Frau des österreichischen Botschafters. Den politischen Skandal und den enormen Altersunterschied außer Acht lassend, bittet er sie, mit ihm zu leben. Aus Mitleid für den alten Mann verlässt die Botschafterin ihren gleichgültigen Ehemann und versucht dem misstrauischen Diktator Liebe zu geben. Als er sie eines Tages mit in seinen Sommerpalast nimmt, erlebt die Frau eine Art *déjà vu*. Das mitten im tropischen Regenwald liegende Anwesen wurde auf dem Gebiet eines Indiostammes errichtet, dessen Angehörige in den unzähligen Zimmern des Palastes und in seinen Gärten hausen. Sie erkennt ihre Seelenverwandtschaft zu den unsichtbaren Bewohnern dieses verwunschenen Schlosses und taucht mit ihnen in eine Traumwelt ein.

Auch diese Geschichte ist in der Tradition des *realismo mágico* geschrieben und verwebt Realität mit einer transzendenten Ebene, in der die Zeit stehen zu bleiben scheint. Allende lässt wieder eine starke Frau sprechen, die sich, gegen ihre von dominanten Männern geprägte Welt, für das tiefere Verlangen, frei zu sein, entscheidet: »Marcia se sintió verdaderamente libre por primera vez en su existencia« (S. 110).

Die fünf Geschichten vereinen Isabel Allendes Leitmotive Liebe, Feminismus, Gewalt und Diktatur. Die Autorin selber erzählt in einem Interview, dass sie die Liebe als eine der Hauptmotivationen des Lebens betrachtet: »Hay varios temas que se repiten en mis libros: amor, muerte, solidaridad, violencia. [...] Pero tienes razón, en mi vida la motivación principal ha sido el amor«.[8] In ihren Geschichten wiederholt sich dieses Thema in den verschiedensten Variationen: Liebe als erotische Anziehung, als bloße Zuneigung und Solidarität, als Lebenszweck oder als Seelenverwandtschaft.

Den Feminismus sieht Isabel Allende nicht als einen Krieg gegen die Männer, sondern als einen ewigen Kampf um gleiche Rechte und Pflichten: »Para mí, [el feminismo] nunca fue una guerra contra los hombres, sino una lucha permanente y eterna por los mismos derechos que tienen ellos. Me crié en una sociedad patriarcal y lucho porque sea justa. Las mujeres siguen siendo mutiladas, vendidas y golpeadas, se les niegan todos los derechos y en muchos casos sólo les queda la prostitución«.[9] In ihren Geschichten, Artikeln und Romanen werden immer wieder die »selbstherrlichen Gebaren der Ehemänner, Väter, und der männlichen Autoritäten, im sozialen Alltag aufs Korn genommen.«[10] Gewalt erscheint in ihren Romanen in Zusammenhang mit männlicher Gewalt gegen Frauen oder aber totalitärer Staatsgewalt in Diktaturen, der ihre Gegner in ihrer vollen Grausamkeit ausgeliefert sind.

Magie zieht sich als weitere Konstante durch die Werke der Autorin. Das Übersinnliche oder Unerklärliche findet Ausdruck in verschiedensten Intensitäten und fordert vom Leser die Bereitwilligkeit, es als Teil des Alltäglichen zu akzeptieren. Die Autorin bekennt sich zu einem magischen Bewusstsein: »Desde muy chica, desde que puedo recordar, he sentido que el mundo es mágico, que existen dos realidades: una palpable, visible, cotidiana, solar, y otra que es la realidad de la noche, de los secretos, las sombras, las pasiones incontrolables, una realidad lunar«.[11]

8 Zit. nach: Correas Zapata, S. 152.
9 Siehe www.clubcultura.com/prehomes/isabel.
10 Herlinghaus, S. 86.
11 Zit. nach: Correas Zapata, S. 38.

Die Romane der Autorin sind ohne einen biographischen Bezug nicht denkbar. In ihren Werken findet man Allendes eigene Erfahrungen, Orte, an denen sie gelebt hat, oder Persönlichkeiten, die sie gekannt hat, wieder. So sind das Vorbild für Esteban Trueba und seine Frau Clara aus *La casa de los espíritus* ihre eigenen Großeltern. *De amor y de sombra* spiegelt ihre Erfahrungen als Journalistin in einem totalitären Chile wider, *El plan infinito* beschreibt den Lebensweg ihres Mannes William Gordon und *Paula* ihre Familiengeschichte. Neben den biographischen Elementen ist auch der thematische Bezug zu ihrem Heimatland Chile nicht wegzudenken. In ihren Landschaftsbeschreibungen, ihren politischen und geschichtlichen Betrachtungen beschwört sie immer wieder das Bild Chiles oder das der Chilenen als Volk herauf.[12]

Humor ist eine weitere Konstante ihres Schaffens. Sie benutzt ihn, um tragische und bedrohliche Elemente auszugleichen und zu vermenschlichen. So sind beispielsweise die Szenen mit dem Hund Barabas in *La casa de los espíritus* unwiderstehlich komisch, die Geburt Eva Lunas grotesk oder aber die Erzählung *Regalo para una novia* einfach lustig. Humor hat auch ihre Arbeit bei der Presse geprägt und ihr einen eher zweifelhaften Ruf als Journalistin gegeben, die nichts ernst zu nehmen schien und sich lieber auf ihre Phantasie als auf langweilige Fakten stützte: »Cuando no tenía una noticia importante, o cuando el entrevistado era poco hablador, le echaba imaginación. Siempre usaba el humor como instrumento periodístico. [...] nunca pude hacer periodismo objetivo«.[13]

Auch als Schriftstellerin muss sich Isabel Allende immer wieder vor den Kritikern und Kollegen rechtfertigen, weil

---

12 »Erzählerische Transparenz, Maßlosigkeit, Unterhaltsamkeit bezeichnen das Verhältnis der Chilenen zu ihrem Land, zu dessen Geschichte in *Das Geisterhaus*, zur unmittelbaren Gegenwart im Roman *Von Liebe und Schatten*« (Herlinghaus, S. 90).
13 Siehe www.isabel-allende.com.

sie angeblich der Literatur nicht ihren gebührenden Respekt zollt: »No creo que la literatura sea un fin en sí misma. No creo en el arte por el arte. No tengo ningún respeto por la literatura y la trato con la mínima solemnidad«.[14] Die Meinungen der Kritiker teilen sich bei der Beurteilung ihres künstlerischen Schaffens. Die einen sehen in ihr eine der größten lateinamerikanischen Schriftstellerinnen und die Verkörperung des weiblichen *realismo mágico*,[15] andere bezeichnen sie als klischeebehaftete Sentimentalistin ohne wirklichen Sinn für Poetik oder Kunst. Ihre Bücher werden oft als typologisch oberflächlich oder historisch falsch mit einem Hang zum Massenprodukt verurteilt.[16] Sie selber bezeichnet sich als rettungslose Romantikerin, die der Versuchung nicht widerstehen kann, trotz ihrer Beschreibungen tragischer, politischer und historischer Konflikte ein Happy End herbeizuführen.[17]

Ihre Werke haben weltweit Regisseure, Theater, Tanz und Opernproduzenten inspiriert. So wurden *La casa de los espíritus* und *De amor y de sombra* mit großem Erfolg verfilmt. Die Drehbücher für ihren Roman *Eva Luna* und die Erzählung *Camino al Norte* sind im Entstehen. *La casa de los espíritus* wurde in London und in Puerto Rico, *Cuentos de Eva Luna* in Denver, Colorado, auf die Bühne gebracht. Musicals nach *Eva Luna* wurden in Island, nach *Paula* in San Francisco aufgeführt. Die Erzählung *Una venganza* aus *Cuentos de Eva Luna* wurde in Deutschland Stoff für eine Oper und aus *Niña perversa* entstand ein Ballett in den USA.

Monika Ferraris

---

14 Ebd.
15 »Allende es una de las más importantes novelistas aparecidas en Latinoamérica en la pasada década« (*Boston Globe Magazine*, nach www.clubcultura.com/prehomes/isabel.php).
16 Vgl. Jörg Drews, »Isabel Allende bei Suhrkamp«, in: *Merkur* 40 (1986), Nr. 454, S. 1065–1069.
17 Vgl. Herlinghaus, S. 87.

Inhalt

Dos palabras 3

El oro de Tomás Vargas 21

Walimai 45

Regalo para una novia 61

El palacio imaginado 85

Editorische Notiz 115
Literaturhinweise 117
Nachwort 121